MICHAEL STAVARIČ
TERMINIFERA

Michael Stavarič

Terminifera

Roman

Residenz Verlag

Bibliografische Information der Deutschen Bibliothek
Die Deutsche Bibliothek verzeichnet diese Publikation in der Deutschen Nationalbibliografie; detaillierte bibliografische Daten sind im Internet über http://dnb.ddb.de abrufbar.

www.residenzverlag.at

Umschlaggestaltung: Eric Pratter
Umschlagbild: Henrique Seabra, gettyimages
Typografische Gestaltung, Satz: wolf, www.typic.at
Lektorat: Günther Eisenhuber
Gesamtherstellung: CPI Moravia Books

ISBN 978-3-7017-1475-9

And so it is
The shorter story
No love no glory
No hero in her skies

(Damien Rice – The Blower's Daughter)

0.

Wenn ich träume, gehört mir die Welt ganz allein. Im Kopf, da kann einem keiner gefährlich werden.

Im Heim sagten sie, dass man ihnen nicht blöd kommen soll, das mögen sie überhaupt nicht, einen vorlauten Bastard mit Sommersprossen. Im Sommer kann mich nichts aus der Ruhe bringen, ist einfach so.

Ich erinnere mich, wie mir jemand erzählte, in einem Heim am Land, das ist für ein Kind wie geschaffen. Die frische Luft. In der Stadt bekommt man Allergien, in Arlberg am Walde ticken die Uhren anders: *Du wirst sehen, ein Leben in der Stadt wirst du dir danach nicht mehr vorstellen können, unmöglich. Wer würde nicht gern Geld locker machen, um so zu leben, im Speck, im Heu, nur Bio-Nahrungsmittel, da hast du aber Glück gehabt.* Ich weiß nicht, immer wenn einer wie ich Glück hat, muss ein anderer um sein Leben bangen.

Der nächste Bahnhof dreißig Kilometer entfernt, es hat über eine Stunde gedauert, bis sie kamen. Da stand ich am Bahnsteig, viel zu still für mein Alter. Ich meine, es wäre mir nie in den Sinn gekommen davonzulaufen, wenn Gefahr drohte. Ich hatte keine Angst vor Tieren. Wir fuhren in einem rostigen Lieferwagen, dem alten Bäcker hatte der gehört. Bis er sich einen Herzinfarkt holte, seitdem gab es zum Frühstück nur noch Toast. Der Doktor im Dorf drüben hinterm Berg glaubte bis zuletzt an seine Version mit dem Zwerchfell: *Der wird wieder!* Ich sah in den Rückspiegel, die Landschaft, die mir den Kopf verdrehte, nach links, nach rechts, aber niemand fuhr auf, hinten alles wie ausgestorben, bewaldete Bergkuppen: *Hier oben sind wir ganz unter uns.*

Was ist gegen Luftveränderung schon einzuwenden? Gar nichts!

Wenn ich ehrlich sein soll, ich war meiner Zeit etwas voraus, hatte gleich das Gefühl, dass da was passiert, weit hinter mir. Eine Rückblende für Fortgeschrittene: Jemand kommt ganz langsam auf einen zu, sondiert die Lenden, hat da ein Auge drauf, *er lief mir direkt vor die Flinte.* Die Geschichte endet beim Abdecker.

Die Ankunft im Hof unter einer morschen Pappel: *Die wird übermorgen gefällt, pass auf, dein Kopf! Die Äste, die mürben.* Aber ich bin kein Gast, mir gegenüber lässt man bald jede Höflichkeit fallen, wenn die Pappel im Hof erst umgeschnitten ist, wenn sie fällt, das weiß ich.

Die Türen, dass sie quietschen, ist doch normal, wir sind auf dem Land. Es gibt Stallfliegen, im Heim zirkuliert die Luft, angenehm kühl, schon bald werd ich mich eingewöhnen, bestimmt: *Bald wirst du dich eingewöhnen, Junge.* Für gewöhnlich dauert das angeblich eine Woche. Wer es dann noch nicht kapiert, dem ist nicht zu helfen. Insgeheim habe ich mich darauf eingestellt, dass es länger dauert. Ich meine, ich bin einer von der schnellen Sorte, die Zeit, das Unglück, dass heute alles so schnell seinen Wert verliert. Sie haben mir gleich in der ersten Woche ein Fahrrad in die Hand, eines mit löchrigem Sattel, ganz unbequem. Eine Frau weiß angeblich warum, sie sagen, das hat noch keiner Frau geschadet. Einer von ihnen sagt auch, dass man eine Frau oral befrieden kann. Den Rest des Satzes kann er sich schenken.

Vor dem Fenster die Landschaft, ich kann nicht sagen, dass es nicht schön ist. Der liebe Gott hat sein Bestes getan, unter dem Horizont alles gut eingeklemmt, damit nichts abhanden kommt. Die Unschuld geht flöten. Irgendwann später. Hinter einem Holunderbusch mit irgendeinem dahergelaufenen Hund.

Wenn sonst gar nichts mehr läuft.

1.

Monster gibt es nicht.

Der Morgen graut. *Lass den Hund raus!* Hunde sind so etwas von voreilig, die haben das erfunden.

Jeden Morgen denke ich über das Leben nach, seine bessere Hälfte, dass es nichts Verwerflicheres gibt, als daran zu denken, dass man sich sein Leben nicht aussuchen kann. *Ruhig Blut, noch ein Schritt, ein Wort, wenn es fällt, erschieß ich dich!* Im Fernsehen sind sie immer etwas vorschnell, die haben's mit ihren Quoten. Ich höre noch, wie wer zu mir sagt: *Wo bleibt der Respekt? Niemand hat ihm Respekt entgegengebracht. Der stand ihm zu.* Immer nur ging es allen um Chaplin. *Natürlich war Chaplin brillant, aber Keaton und Chaney, die haben das Schauspiel revolutioniert.* Meine erste Begegnung mit einem Fernsehgerät, im Heim, voller Übermut habe ich zwei Tage lang nicht geschlafen. Es heißt, man erinnert sich ewig lang an den ersten Geschlechtsverkehr, in allen Facetten. Aber nur, wenn kein Fernseher läuft. Ehrlich!

Wenn ich träume, ich kann mich noch gut daran erinnern, als man uns sagte, dass Träume den Kopf frei machen. Viel besser noch als Mentholzigaretten oder Fernsehen. Dass man jung ist, keine guten Ratschläge braucht, ist eine ganz andere Sache. Im Heim, wie oft habe ich davon geträumt, ein ganz normales Leben zu führen. Natürlich hatte ich keine Ahnung, was ich tun muss dafür, aber ich hätte alles getan, alles. Im

Traum kommt Chaplin auf mich zu, klopft sich etwas Staub von der Schulter, Chaplin eben. Ich soll mich nicht lumpen lassen: *Sei kein Lulu!*

Im Fernsehen flimmert die nächste Szene, mit Untertitel. Sie hat eine Schulter freigelegt, wartet, die Traumfrau, das kann sie richtig gut. *Candy,* sie sagt, ihr Name sei Candy. Sie nippt am welken Glas Wasser, danach ein Schluck Bourbon. Ihr Mund, die große Handtasche, darin verschwindet alles auf Nimmerwiedersehen. Natürlich schloss ich sofort wieder die Augen, aber Candy habe ich nie wieder gesehen. Ich glaube sogar, ich bin kurz aufgewacht. Ich meine, bevor man wieder einschläft, hat man kurz dieses Gefühl zu sterben. Wenn man das nicht hat, ist man doch gar kein richtiger Mensch.

Mit meinen Träumen, da stimmt etwas nicht, da fährt niemand auf Kreuzfahrt, kein Walzer, nicht ums Verrecken. Von der Pike auf Alpträume. Früher dachte ich noch, die Alpen, ein Gebirge mit Risswunden, tief in den Fels das Gerangel um Rastplätze auf glasigen Hängen. Wenn ich ehrlich sein soll, der Schlaf macht es schlimmer. Die Leere in mir, im Kopf, man muss das vielleicht sportlich sehen. Nacht um Nacht im Gemenge, zwischen den Handlangern der Träume, die teilen aus, *gsunde Watschn,* und mein Flennen führt zu gar nichts. Wer möchte nicht gern glauben, alles wird gut, sich fallen lassen, mitten rein in die Muttermilch. Davon wird man wach, ein neuer Tag. Wenn ein neuer Tag anbricht, habe ich endlich Gewissheit, dass ich noch da bin.

Ohne Brille sehe ich etwas verschwommen. Man kennt das, Sand im Getriebe. Als Kind im Heim sah ich noch richtig gut, war ein dünnes Kind, von der Sonne ganz ausgelaugt. *Iss Karotten,* haben sie zu mir gesagt, *das stärkt das Sehvermögen. Geh nicht in die Sonne, hörst du?* Verdammt! Bin ich Superman? Ich aß Karotten, geraspelt mit Staubzucker, der war richtig schön weiß im Karottenrot. Stach ins Auge. Autsch! Einer einzigen Unachtsamkeit habe ich es zu verdanken, dass mir der Durchblick fehlt.

Bei *Hennes & Mauritz* kam neulich sogar eine Verkäuferin auf mich zu, die hatte Augen, das glaubt man nicht. Und was für Titten, monströs. *Wenn du ein Monster siehst, dein letztes Stündlein schlägt, sag immer die Wahrheit.* Das sagt sich so. Warum sie mich von Anfang an für ein Leichtgewicht hielt, weiß ich nicht. Ihr blieb einen Moment lang die Luft weg, ich hatte nur kurz den Arm um sie gelegt. Ganz klar, dass man alles unter sich ausmacht. *Du brauchst keine Angst haben. Monster gibt es nicht!*

Von wegen, auf der Mariahilfer Straße gab es Monster, so schnell konnte man gar nicht schauen, schon bis zum Kragen bekleckert. Kaum bin ich draußen in der Menge, sehe ich ein dicht behaartes Biest auf mich zu: *Wenn ich ganz ruhig bleibe, mit dem Rücken zur Wand, darüber der Sims, nicht mal Taubenscheiße kann mir da was, oder?* Wie lächerlich das ist, sagt einem natürlich keiner. Bestimmt alles nur Hirngespinste, schon wieder mit dem linken Fuß aufgestanden, die schwarze Katze von rechts. Ein Mindestmaß an Ausflüchten ist heute einfach nötig.

Ich bekam danach sogar meine Periode.

Menschen behaupten immer wieder, Monster bringen Unglück. Die glauben das so mir nichts, dir nichts. Angeblich gibt es Vampire in Bibliotheken, Werwölfe auf Rummelplätzen, manchmal im Fernsehen, im Nachtjournal. Kinder wollen dort welche gesehen haben: *Brut, verdammte! Schaut mich an, aber nie in die Augen, immer daran vorbei.* Sie singen: *Im Walde irrt ein Werwolfsmann, wen lockt er nur, wen leckt er dann?* Und weiter: *Er lauert, wittert, kommt heran!* Ich meine, bei Kindern werde ich sofort hellhörig, das kann echt ins Auge gehen.

Kaum werde ich von jemandem auf der Straße fixiert, geht mir das gegen den Strich. Ich fühl mich ungern als Beute, was mein Leben nicht einfacher macht. Vor dem Supermarkt haben sie einen Hund angebunden: *Sieh nur, der leckt, leckt, defekt.* Im Hintergrund Erwachsene, die lachen sich ins Fäustchen. Im Heim hatte meine Faust die Form eines Luftballons, das sah hübsch aus. Ich beim Schattenboxen, eine Augenweide. Aber irgendwann kommt der Punkt, von da an ist alles nur noch Gewohnheit.

Gewohnheit, die was man so tut, dass es schon selbstverständlich, eine zur Eigenschaft gewordene Handlungsweise, durch jahrelange Anstrengung hervorgerufener Zustand der Mattigkeit, auf Erfahrung sich gründende Regel.

Ich setze jeden Morgen meine Brille auf, obwohl ich mein Leben lang Karotten gegessen habe. Das ist nicht fair. Im Heim damals, *übe dich im Verzicht,* haben sie zu mir gesagt: *Es ist besser, sich vom Leben nicht allzu viel zu erwarten.* Kaum hatten sie die Pappel gefällt, zu Sperrholz verarbeitet, ließ die Verwaltung eine Linde pflanzen. Irgendwie fand ich das sogar gut, aber der Baum wurde nie richtig groß. Gelinde gesagt, er reichte mir gerade mal bis unter die Achseln. Woran das lag, wusste natürlich keiner.

Manchmal glaube ich, ganz egal wer, alle hatten es besser. Auch Jack the Ripper und Mackie Messer. *Überleg doch! Was haben die, was du nicht hast?* Dass ich nicht nachgedacht hätte, kann man wirklich nicht behaupten.

Ich erinnere mich an Spaziergänge in Einkaufsstraßen, die ersten Ausflüge in die Bezirkshauptstadt. Mitten drin im Gerangel ein roter Faden, dem folgt man behende, denkt sich gar nichts dabei. Vielleicht hatte einer nur Nasenbluten, kein Taschentuch zur Hand. Das meiste wischte er unwirsch im Ärmel ab. In Seitengassen sieht man so manches, keine Taube fliegt auf, die kleinen Hecken aus Federn, über die man drüber muss. Mit einem Hund fühlt man sich einfach wohler überall. Mein erster Hund, das ist kein großes Geheimnis, hielt es drei Jahre mit mir aus. Aber da war ich noch sehr unerfahren, verdammt grün hinter den Ohren. Die Sehschwäche erschwerte zudem den gesellschaftlichen Umgang ungemein. *Sei wachsam, sensibel, von besonderem Feingefühl. Schau ganz genau hin, mein Freund!* Der gute Rat von oben, aus Manhattan. Ich meine, der Himmel war genauso fern.

Daraufhin hatte ich mich fünf- oder sechsmal bekreuzigt, wurde aber nie durchgestellt.

2.

Sieben Uhr dreißig, der Himmel aschgrau. Mit so einem Satz erzählte man sich einst Schauergeschichten. Ich stand unter der Dusche, das Wasser, irgendwer hat behauptet, es schmeckt nach Moder, wie im Uralgebirge. Daran sind wohl die alten Leitungen schuld, die aus dem Krieg. Die Zahnbürste im Mund, darin der Zahnbelag, die Zunge, die Pelzmafia. Bei allem guten Willen, ich dachte daran, mich noch einmal hinzulegen, eine Stunde nur noch, eine Stunde nicht daran denken müssen, dass man nichts ausrichten kann gegen die Welt. Der Kopf kann's nicht lassen, die Paranoia. *Dreimal täglich eine Pille, mein Herr. Niemand sonst kann für Ihre Sicherheit garantieren.* Der Beipackzettel dünn wie Backpapier, nicht zum Arzt, bloß nicht, ums Verrecken.

Ich erinnere mich, einmal im Jahr kam ein Arzt aus der Stadt ins Heim. Wir standen in Reih und Glied vor dem Behandlungszimmer. Der untersuchte die Mandeln, die Lunge, den Kreislauf, die Hoden. An den Hoden hat er gern herumgedrückt, immer waren wir *pumperlgsund!*

Im Tageslicht erkannte man die Feinheiten der Stadt besonders deutlich, ihre Innereien.

Als Kind wollte ich gerne die Welt verändern. Bumm zack, abgeschminkt. Im Neonlicht sah man plötzlich sehr hässlich aus, dachte fortan in überschaubareren Kategorien. Jeden Tag mit dem Stuhl etwas mehr nach links, nach Süden, die Uhren vorgestellt, das Licht ausgeblasen, das Haus, die Stubenfliegen, schnell eine nach der anderen. Im Naturhistorischen Museum sah ich unlängst eine dieser Fliege eingeklemmt, *was für ein Tod, das will ich auch!* Auf Nummer sicher gehen.

Gestern hatte ich das linke Glas meiner Brille entfernt, zuvor noch den Knopf der Manteltasche, die jetzt nie wieder zu. Es zieht stetig im Zimmer, die undichten Fenster, die Balkontür steht Tag und Nacht offen, der Hosenstall meines Hauses. Mein loses Mundwerk, ich sollte etwas vorsichtiger sein beim Kauen. Die Schulter kann ich mir gegen acht normalerweise wieder einrenken, das ist nicht das Problem. Ich erinnere mich daran, bevor ich einschlief, dass draußen vor dem Fenster die Nebel, eine abfällige Bemerkung, ein Mann, der etwas zu einer wildfremden Frau sagte. Wie im richtigen Leben haben sie zu viel Rotwein nachgetrunken.

Vor dem Winter kommen die Depressionen, bis die Kälte den Stoffwechsel lähmt. Unten hörte ich ein Geräusch, acht leere Weinflaschen im Buntglascontainer. In der U-Bahn haben sie neulich sogar meine Geldbörse gestohlen, die Pisser.

Seitdem weiß ich, wie die Welt wirklich ist.

3.

Wach auf! Wach auf! Mein Wellensittich war gestorben. Entflogen, das Vieh, wohin ihm keiner mehr folgen kann.

In der Tierhandlung erzählte ich, *es geht ihm prächtig,* noch fast ein Monat lang Futter eingekauft, aus Gewohnheit. Unter meiner Kredenz stapelten sich die Dosen für den gefiederten Freund. Aufgeflogen das Ganze, als ich versehentlich mit Hundefutter an der Kassa, von da an war ich bei den Ornithologen unten durch. Im Park habe ich manchmal aus Verzweiflung Tauben gefüttert, wo doch genau das verboten ist. Einem vorbeifahrenden Parkwächter den Vogel gezeigt, hat aber nichts bemerkt. Es braucht immer gleich zwei, bis etwas passiert. Das nervt.

Als ob gar nichts geschehen wäre, der Wecker leise, sehr leise. Da musste man schon abstehende Ohren haben. Meine Hände fanden einander, zwei langjährige Nachbarn, die damit auskamen, Kaffee aufzusetzen, während ich mir anderweitig Gedanken, ein karges Frühstück gemacht. In der Linken die Gabel, die drängt sich gerne in den Vordergrund. Im Augenwinkel plötzlich zwei spitze Tentakel, sanft über die Schmutzränder des Fensters hinaus, in die Manege, ein Kopf nachgeschoben, die Scheibe entlang. Die kleinen Augen in Lauerstellung, die Kauwerkzeuge wie zu einer Umarmung nach vorne gerichtet. Hat nicht selbst Glas einen wunden Punkt? Wenn es bricht, wenn das passiert, wenn es ins Zimmer will, mir ans Leder?

Es gibt keine Monster. Wach auf, beweg deine Lider! Vis-à-vis zog jemand zittrig an den Jalousien.

Das Monster, braun im Schritt, mit großen Flügeln, mindestens zwei Marquisen, ein kurzes Stocken. Es lässt sich kopfüber fallen, die Tentakel angelegt, Aerodynamik. Klar, ich weiß, hoch in die Lüfte, husch husch. Mit schnellen Schritten lief ich ins Nebenzimmer. Die Arme griffen sich ein Buch, im Regal weit hinten, aber ich habe mittlerweile ein fabelhaftes Gedächtnis. Der Einband ein grüner Leguan, dort konnte man sich Monster regelrecht anlesen. Seite sieben, der Stamm: *Arthropoda,* Ordnung: *Caelifera,* die Familie: *Acrididae.* Für solche Wörter liebe ich die Wissenschaft. Ich, sie, eine Gegenüberstellung: *Chortoicetes Terminifera.*

Eine Wanderheuschrecke, selten genug in Wien. Ich glaube schon daran, dass alles in meinem Leben nur dazu dient, mich dorthin zu bringen, wo ich gerade bin. Eine Odyssee. Münchhausen flog einst auf einer Kanonenkugel, zwei kleine Pygmäen in seiner Hosentasche. Aber das glaubte ihm auch keiner.

Im Heim, ich erinnere mich, auf der Wiese gleich hinter dem alten Schuppen sah ich die ersten Heuschrecken in der Sonne. Sie machten das Gras lebendig, sprangen über meinen Bauch, wenn ich im Gras lag. Rasch in die Freiheit. Die anderen traten auf alles, was sich bewegte. Lag dann still, wollte nicht so werden wie sie. Lag aber sonst niemandem in den Ohren.

Liegt vielleicht alles nur an dir! An mir also.

4.

Guten Morgen! Im Heim sagte man das manchmal, wenn man sich nicht anders zu helfen wusste.

Kristina hatte geklopft, den Kaffee trank ich im Gehen, das Hemd eingestrickt. Sie lächelte, nachdem ich die Tür geöffnet hatte. *Du hast nicht zufällig Aspirin daheim?* Sie wohnte mir gegenüber, nur kurz über den Flur, also sind wir Nachbarn. Wir arbeiten beide im Krankenhaus, keiner von uns hatte es darauf angelegt, passiert war es trotzdem. Ich bin Krankenpfleger, sie ist Ärztin. Wir versehen unseren Dienst am Kunden, tagtäglich waschen wir uns mit keimfreien Seifestücken. Beim Bier bin ich allerdings moderater, es muss kein Stiegl sein.

Vor einem Jahr kam ich die Treppe hoch, hatte keine Zeit gehabt mich umzuziehen. Sie stand am Treppenansatz im weißen Kittel, das Stethoskop statt einer Perlenkette, beide waren wir müde, rochen nach Krankenhaus. Sie hatte die Witterung aufgenommen, mir zugenickt, ich wohl aus Höflichkeit gefragt, ob sie Ärztin. Ihre Muskeln entspannten ein wenig, meine Stimme tat ihre Wirkung. *Deine Stimme, du hast eine schöne Stimme, weißt du das?* Dann reichte sie mir ihre Hand, die linke. Mit der anderen berührte sie leicht den Bauch, holte tief Luft, als wollte sie auf Nummer sicher gehen, mich zu Boden ringen, unterwerfen, wie das Tiere bisweilen tun, um in aller Ruhe fressen zu können. Bei Gesten, da kommt einer wie ich nicht umhin zu fragen, ich meine, es gab im Heim nicht für alles ein Wort. Bestimmt haben Kinder irgendwann die Zeichensprache erfunden, in grauer Vorzeit, als sie still sein mussten, auf der Flucht.

Ich bin spät dran, daran wird das hier nichts ändern! Kristina fuhr los ins Krankenhaus, ich ging schlafen. Das Fazit unserer ersten Begegnung, ich glaube, es hätte wirklich schlimmer kommen können.

Als ich mich ins Bett lege, mit all den Gedanken, in der Notaufnahme schnell noch die üblen Fälle durchgezählt, ob auch alle da sind.

In Kristinas Nähe hatte man stets das Gefühl, Haare mitzuatmen, Haarpartikel, dünne Fäden, die man nicht spürt auf der Haut, ein Altweibersommer in zwei, drei Atemzügen. Man hüstelt, denkt, eine Verkühlung, hält die Hand vor, aus Höflichkeit, will nach Luft schnappen, ein paar Schritte, verdammt, bis zur Türe fehlt noch ein ganzer Meter. Nicht dass ich allergisch bin gegen Haare, das fehlt noch, dass ich so ende.

Kurzhaarfrisuren fand ich eine Zeitlang übrigens richtig gut. Im Heim schnitt ich mir die Haare täglich mit einer kleinen Nagelschere. Die fand ich irgendwann auf dem Dachboden, da war sie schon rostig. Man musste aufpassen beim Schneiden, dass man sich keine Blutvergiftung einfing, wenn man die Haare so kurz wie möglich schnitt. Mit längeren sah man viel zu schnell aus wie ein Mädchen. Nach ein paar Wochen rasierten sie allen die Haare ab. Es hieß, irgendwer habe Läuse. Fortan sahen alle gleich aus.

Im Speisesaal fiel mir vor Schreck der Salzstreuer zu Boden, überall kleine Kristalle. Kalachakra nannte das der Dalai Lama. Wenn der Dalai Lama überhaupt etwas weiß, dann das.

Kristina und ich trafen uns weiterhin gelegentlich im Stiegenhaus, wo es zog, fast wie in einem Kamin, nur warm wurde es nicht. Vorsorglich trug sie Fäustlinge. *Ich werde dir etwas verschreiben. Dein Husten, er soll ja nicht chronisch werden,* wobei sie den Kopf schüttelte, aus Anteilnahme. Prompt ein Rezept parat, die Medikamente wollte sie später selbst vorbeibringen. *Du musst dich wärmer anziehen.* Der Rat einer guten Ärztin ist teuer. *Ich meine es nur gut mit dir.* Ich überlege noch heute, ob das Ironie.

Ironie, die versteckter Spott, mit dem man etwas dadurch zu treffen sucht, dass man es unter dem augenfälligen Schein der Billigung lächerlich macht, Berechtigung zur Ausübung eines enthaltsamen Gewerbes, längst vergessene Kinderkrankheit, von der Außenwelt abgeschirmtes Gebäude, wo Getränke verkauft werden, ein Festmeter Kerbholz.

Im Grunde kenne ich keine bessere Welt.

5.

Es gibt keine Monster. Man erzählt uns das ständig, ein ganzer Industriezweig. Im Krankenhaus erst recht, dort kommt alles abhanden, die Welt funktioniert. Schema F. Ungeheuer gibt es hier nicht, dabei sind Krankenhäuser doch wie geschaffen für die, die nirgendwo heimisch.

Mein Hund hat neulich eine Katze verschluckt. Mir wäre es gar nicht aufgefallen.

Ich glaube, mein Denken, das mag man seltsam finden. Über den Tag verteilt fällt es vielleicht nicht auf, über ein Jahr oder noch länger bin ich gänzlich unauffällig, aber über ein ganzes Leben, gar nicht auszudenken, so eigenartig, wie ich bin. Früher sagten sie, *bloß nicht auf dumme Gedanken kommen, du Wildfang. Such dir später einen Job, bei dem du ordentlich Geld einsackst, sonst landest du auf dem Strich, zwischen den Zeilen.* Ungeheuerlich, das zu glauben.

Mein Hund will eine Familie gründen.

Ich erinnere mich, es ging voran. Vorsichtshalber ließ ich genügend Abstand nach oben, zum Himmel, unterhielt mich mit Menschen, die es nicht wirklich gab, dachte kaum noch darüber nach. Tagsüber führte ich Patienten zu ihren Kojen, nachts wachte ich an ihren Betten, bis alle schliefen. Ich wache über ihren Schlaf. *Schirmherr des Schlafes* nennen mich die Indianer. Mit einem Buch in der Armbeuge, das ist mir wie auf den Leib geschneidert. Für die Eskimos bin ich ein Mann, der allmählich hervorgeht aus einem Zustand des Träumens, aber sie brauchen nur ein Wort, um es auf den Punkt zu bringen.

Patienten schmiegen sich an mich, nächtens, ihr Mund weit geöffnet. Man sieht das Genick von innen, die schmalen Träger des Baugerüsts. Ich glaube, in der Nacht sind die Köpfe nur lose aufgesetzt, brüchiger noch als Glas oder Styropor. Man muss schon alles gut verbinden, damit es hält.

Klebstoff, der zähflüssige Paste, mit der etwas festgemacht, die mit (eigener) Kraft anhaftet, Person, zu der man ein sexuelles Verhältnis unterhält, während eines Zeitraumes, der ungefähr die Lebenszeit eines Menschen.

Ich hatte schon lange die Vermutung, dass Menschen nur selten jemand wirklich lieben. Im Heim überspielen sie das mit ordinärem Gehabe: *Die Liebe ist doch nur ein fetter Schwanz im Magen-Darm-Trakt.* Später, wenn man einen fand, mit Algen auf seiner Haut, *die Sonneneinstrahlung war intensiv, die muss unglaublich gewesen sein,* so ein Ermittler am Fundort der Leiche. Also war es kein großes Geheimnis, dass Menschen sterben, selten genug nach einem erfüllten Leben. *Es hat ihm an nichts gemangelt, nicht?* Das Gewissen, mit der Zeit kennt man den eigenen Widerstand immer besser, bis man sich selbst überwindet. Die Haare werden langsam grau, fallen zu Boden, die Zugluft, es raschelt, wenn man sich an die Toten erinnert.

Dabei ist die Wahrheit kein Ort. Man kann sie nicht berühren, mit den Fingerspitzen.

Die Patienten im Haus glauben, sie wären Teil einer Metamorphose, aus der sie gestärkt hervorgehen. *Ein Rückfall ist ausgeschlossen.* Natürlich sagen die Ärzte das. Dafür bezahlt man sie doch, dass man sich gesund fühlt. *Ich bin Krankenpfleger, fragen sie mich.* Der Verfall ist nicht aufzuhalten. Dass man dagegen überhaupt vorgeht. Ich habe nie verstanden, wenn jemand so überhaupt nicht altern will, die ewige Jugend. Noch ein Päckchen davon, mit Wasser nachspülen nicht vergessen, keine Ahnung warum. Wenn man kleckert, beginnt die Maserung der Schreibtischplatte sich zu verfärben.

Es gab eine Zeit, da mochte ich das Krankenhaus, meine Arbeit, wusste, sie war wichtig. Fast so wie die von Eisverkäufern. Auf ihren Wegen durch ein Viertel Spuren glücklicher Kinder. Heute mache ich einen weiten Bogen um Menschen, so weit wie möglich, ohne dass es auffällt. *Du darfst dich nicht vorführen lassen, wirst ausgesaugt, bis du wie sie eine leere Hülle. Das ist schlimmer, als gar nichts zu fühlen. Kein Schritt weiter!* Im Nachhinein weiß man nur zu gut, warum das Ende unvermeidbar, dass man nicht mehr anders kann. Die Variablen werden zu Konstanten.

Tatsächlich kann man mit Konstanten besser rechnen, sie bergen keine bösen Überraschungen. Was dabei für immer verloren geht, ist die schöne Welt der Wahrscheinlichkeiten. *Ich habe da so eine Vermutung.* Ritsch ratsch, im Heim fiel man schnell wie die Pappel im Hof. Die dicken Äste knickten weg, man konnte gar nicht hinschauen, als der Baum fiel, von einem Moment auf den anderen. Meine Augen schlossen sich, zwei viel zu müde Kreise, das sind sie also, die letzten Atemzüge eines Vielgereisten. Ein paar Hüftknochen hat man danach aufgefunden, in einer der Wölbungen zwei Wachteln am Brüten, keine wie auch immer verwertbaren Spuren.

Im Fernsehen haben sie mir alles schon gezeigt, ein Fall nach dem anderen. Veronika K. ist für heute die letzte bei der Autopsie. Ich schlafe schon nebenan, also gilt die Unschuldsvermutung. Ich meine, wenn einer unschuldig, dem kann doch gar nichts passieren. Oder? Im nahegelegenen Sägewerk zimmern sie einen Galgen, ich kann es riechen, das Holz, weiß es schon. Irgendwo höre ich eine Stimme, die sagt: *Mach mich nicht an!* Ehrlich, mit meinen Träumen, da stimmt etwas nicht, von Grund auf. Da ist ein Gefühl von Vanille, aber es gibt überall nur Erdbeereis. Das hat doch was zu bedeuten.

Im ersten Winter, ich erinnere mich an den ersten Winter im Heim, da haben sie nicht eingeheizt, um uns abzuhärten. Wir mussten Kohle schaufeln im Keller, hin und her, aber nicht in den Ofen. So kalt war es auch wieder nicht, wenn man einen dicken Pulli zur Seite schaffen konnte. Ich meine, wenn sie ihn einem nicht wegnahmen, gab es doch gar kein Problem.

Dort oben am Arlberg ist immer Winter. Diesen Satz habe ich mir jeden Morgen notiert, beim Frühstück, schon aus Prinzip.

Heute lebe ich in Wien, nirgendwo ist der Himmel schöner für mich als in Wien, über dem Prater. Die Schwalben, die Heerscharen des Sommers, aus einem unerfindlichen Grund kommen sie wieder, jeden Morgen, sammeln sich über dem Riesenrad, im Gegenlicht. Als würde es darum gehen, jemanden zu täuschen. Nur die Sonne sticht herab, die mag das. Ich weiß, in den Kabinen des Riesenrades ist es unerträglich heiß, wie in der Hölle. Mein Hund hat doch tatsächlich immer geglaubt, alles wird gut.

Ein Kollege, ich erinnere mich, drei Jahre muss es schon her sein. Er war über Wien abgesprungen, im Morgengrauen, das Flugzeug zog eine Schleife, er fiel durch die Mitte, der Fallschirm öffnete nicht, soll sich verwickelt haben. Die Chancen dafür stehen eins zu einer Million. Bevor er aufschlug, hatte er seine Visitenkarten über einen Quadratkilometer Acker verteilt, zuvor in die Hosentaschen gesteckt. Selbst da hatte keiner Verdacht geschöpft. Ich glaube, er wollte alles richtig machen. Das halbe Krankenhaus kam zum Begräbnis. Die Bäume wippten, er war beliebt gewesen. Der Primar dankte für seinen unermüdlichen Einsatz, ein paar Schwestern trugen schwarze Höschen. Ich frage mich, ob das bei mir auch so wäre.

Im Supermarkt habe ich mir neulich den Fuß verstaucht, da kam auch keiner zur Hilfe. Mir fehlt da wohl die Phantasie. Ob es daran liegt? *Junger Mann, Ihnen mangelt es an Respekt, Sie wissen zu viel,* sagte jemand im Hintergrund. Als ich das Geschäft verlasse, hat mich die Kamera über dem Eingang voll im Visier. Dabei gerade heute die Haare nicht gewaschen, selbst die Mundwinkel nur beiläufig abgewischt.

Dass sie einen immer so erwischen. *Sei vorsichtig, mein Freund, immer schön lächeln.*

Kristina erzählte mir später, sie mochte Wien, ihre Existenz hing dran. *Etwas anderes ist unvorstellbar, woanders zu leben.* Ich glaube, eine Blume hätte nichts anderes gesagt. Ich wollte dann hören, was genau sie macht, in welcher Abteilung, womit sie hantiert, an sich oder anderen. Schon früher wollte ich immer alles wissen. Ich meine, wenn man weiß, was einen erwartet, dann kann man sich darauf einstellen. Ich war schließlich Einzelkind, suchte Erklärungen, wollte wissen, warum alles vor die Hunde.

Mutter und Vater haben dich sehr geliebt. Leider wusste ich es besser. *Du bist ein kluges Mädchen, das sieht man schon von Weitem.*

Kristina hatte dunkles Haar, die blauen Augen vom Vater, von der Mutter zweiunddreißig gesunde Zähne. Sie beäugt jede Ecke im Flur, täglich. Das Interesse, genau hinzusehen, sei auch ihr angeboren. *Das hat nichts mit dir zu tun.* Vor dieser Frau sollte man auf der Hut sein. Sie ist elastisch. Wenn man nur lang genug zuschaut, wenn sie geht – dazwischen ist manchmal ein Spagat zu erkennen. Natürlich sah sie blendend, von klein auf schon die Augen eines Falken. Sie wusste das auch, gut roch sie obendrein. Vielleicht lag es am Parfüm, dass ich sie mochte. Ich erzähle das gern, die einfachste aller Erklärungen. Was soll einer wie ich mit einer Frau, deren Parfüm überall von Plakatwänden herunter: *no more lies.* Pflegeartikel sollten so nicht heißen dürfen.

6.

Lüge, die falsche Aussage, die bewusst gemacht, das Ergebnis eines Nachdenkens darüber, wie etwas zu bewältigen, für Angriff und Abwehr eines in der Luft geführten Krieges notwendiges Utensil, Teil des Schädels, dessen unterer Schaft beweglich, während der obere fest mit dem Gehirn verwachsen, an einem langen Stiel baumelnde Frucht.

Wenn sich Engel in die Haare geraten, lügen sie ständig. Ich konnte nicht fliegen. Noch weniger schwimmen. Rad fahren, das schon. Gestern, auf dem Parkplatz vor dem Krankenhaus, fuhr einer der Engel auf einem Damenfahrrad durch die Gegend, hatte wohl etwas vorschnell die Stützräder entfernt, sich was gepfiffen. Bis es krachte. Aber er hat später nur stolz seine Schrammen zur Schau gestellt.

In den zwanziger Jahren haben Puppenspieler darüber diskutiert, ob Puppen schweben sollen (wie Engel) oder doch lieber Boden unter den Füßen. Wenn man Bodenkontakt hat, angeblich altert sich's schneller, der Stern eines jeden Menschen von Geburt an schon im Sinken. Ich erinnere mich an eine frühe Darstellung des Todes: Mit einem Bogen, er nimmt einen Pfeil, legt an und wartet, bis das Kind von der Frau in die Welt gepresst. Wenn es ganz hervorkommt, schießt er, doch manchmal steht er weit genug weg, dass man ein Weilchen leben kann. Anderen Menschen wiederum war die Luft nicht geheuer. Die dachten, wenn die Luft nicht so durchsichtig wäre, der Tod könnte gar nicht recht zielen. Die alte Frau von nebenan, mit Hornhautverkrümmung, kam auch nie auf einen grünen Zweig.

An der Tür von Kristina, da hängt ein Schild, *Werbematerial,* das *W* durchgestrichen. Alles andere bleibt dem Leser überlassen, will sie oder nicht. Mittlerweile weiß ich es, ist keine Überraschung. Neuerdings eine Wäscheleine kreuz und quer durch den Flur bis ins Stiegenhaus gespannt, nicht dass es mich oder sie an etwas hindern würde. Sind die letzten Parteien ganz oben, dorthin verirrt sich keiner. In dieser Höhe passiert rein gar nichts zufällig, zwanzigprozentiges Gefälle ist kein Honiglecken. Ich staune, wie gut sie funktioniert, die Wasserversorgung. Ich muss jeden Morgen schauen, was sie festmacht, mit bunten Wäscheklammern, das passt zu mir. Wann lerne ich endlich, dass es ein Segen ist, nichts, von nichts zu wissen. Höschen! Heute drapiert sie rot und schwarz und lila. Minze, Höschen in allen Farben. Pullis übermorgen, sonntags Blusen und Socken, aber nur wenn die Sonne scheint. Fein säuberlich, es tropft einvernehmlich, *kap kap,* und die Muster erzählen Geschichten. In Kriminallaboratorien können sie verbliebene Spritzer analysieren, die Kräfte, die Stoßrichtung, das Schleudertrauma. Unter Umständen finden sie auch gar nichts Auffälliges.

Ich erinnere mich, vor zehn Jahren kam ich zum ersten Mal nach Wien, ein Gewitter zog auf. Das Taxi fuhr eine Straße entlang, auf gut Glück, ich habe kein genaues Ziel angegeben. Alles schien zufällig, *es muss auch gar nichts passieren, immer weiter bis zum*

Morgengrauen, bis wir da sind. Ein grüner Frosch auf dem Mittelstreifen, mitten auf der Strecke, dort blieb er, die Traktionskontrolle macht's möglich. Kaum zu spüren, die Unebenheit. *Sie bleiben auf der Brücke, bis sie Land sehen, Mister!* Damals sprach ich noch jeden Taxifahrer mit *Mister* an. Im Heim hatten sie uns beigebracht, dass man mit Höflichkeit am besten fährt. Wir hielten später vor einem Haus, die Fassade grau, hoch oben im letzten Stock Einschusslöcher verlorener Schlachten. Dort lebe ich fortan, die Stadt unten. Darüber nur noch der Himmel, der freie Fall.

Der Winter am Arlberg, der tat nicht mehr weh. In Wien tat nichts so schnell weh. Das viele Lesen, das half. Das Beten weniger. Requisiten: Tisch, Schaukelstuhl, Bett, davor der Fernseher. Die Möbelpacker, zwei kräftige Kerle, nach einer Stunde hatten sie alles aufgestellt. Ich bin nach Wien gezogen, weil man mir einen Job angeboten hatte, nicht weil es mein Wunsch, irgendwo Fuß zu fassen. *Wenn es regnet, wird man nass.* Sagt Yamamoto.

Von den Eltern keine Spur, nach der Geburt freigegeben, bald schon im Heim. *Stehen sie gerade, Rekrut. Wenn du nicht spurst, wird der Schwarze Mann sein Übriges tun. Iss deine Suppe, ab ins Bett.* Nur an den Tonfall kann ich mich nicht mehr erinnern. *Eines Tages fresse ich dich, böser Wolf.*

Als ich älter wurde, begann ich meine Ausbildung zum Krankenpfleger. Ich hatte endlich ein Ziel vor Augen. Stählerne Griffe, muskulöse Nacken, im

Dienste der Allgemeinheit, irgendwo in der Psychiatrischen. Law and order, Ripp-Shirts, aber trotzdem noch Mitgefühl. Kampfschwimmer hätte ich werden sollen.

Sie haben keine Papiere? Mein Bewerbungsgespräch in Wien. Ich habe angeblich keine Vergangenheit, nicht so richtig. Alles verbrannt irgendwann in den Siebzigern, die Heimleitung hätte auch mehrmals gewechselt. Man kennt das, ein paar Verbrechen verjähren, nie aufgeklärt. Ich weiß nicht, wo ich geboren bin, ob es sehr weh tat. Niemand konnte sagen, wer meine Eltern waren, ob meine Mutter hübsch, wie sie roch, was sie trug, als sie zum ersten Mal einem Mann zulächelte. Ob mein Vater ein Netter, den man sympathisch fand auf den ersten Blick, ob ich Geschwister habe. Etwas in der Art. Oft habe ich mir vorgestellt, meine Mutter in einem Niemandsland, in einem dieser Korridore zwischen zwei Grenzen, wo sie mich gebar, damit ich niemandem gehöre. Dass sie mir alles beibrachte, was sie weiß, wo man nach Wurzeln gräbt, welche Beeren, ob rote Beeren überhaupt genießbar sind, wie man sich versteckt, vor den Ungeheuern der Erde. Dass sie mir auch Manieren in die Wiege gelegt hat, wenn nicht sie, wer dann? *Ich glaube nicht, dass es sich gehört, Haustiere zu essen, wenn man Hunger hat.* Davon bin ich überzeugt.

Wenn ich keinen Dienst hatte, saß ich im Schaukelstuhl, vor dem Fenster, jemand fuhr mit einem Fahrrad vorbei, wie der in die Pedale trat. Plötzlich habe ich gespürt, wie die Schwerkraft dahin. Man kann fliegen, nicht weit genug weg, in den Süden, aber hoch, das schon. Die Menschen sind handlich von oben, leben in überschaubaren Verbänden. Ich erinnere mich, wie ich staunte, als ich erfuhr, dass auf jedes Neugeborene fünf neue Einkaufswägen. Im Prinzip dreht sich alles um Nahrungsmittel. Bei Insektenstaaten ist das nicht viel anders, die sind nur besser organisiert. Unlängst habe ich gelesen, es gebe Insektenstädte, die hunderte Kilometer groß. Man brauche nur im nächstbesten Garten ein Loch graben, schon sehe man deren Südosttangente. Bücher über Insekten waren eine beliebte Heimlektüre, da gab es reichlich davon. Heuschrecken und Tausendfüßler, zwischen modrigen Brettern im Geräteschuppen. Es hat einen Winter lang gedauert, bis ich verstanden habe, dass Tausendfüßler gar nicht so viele Beine haben. *Geh nie allein in den Wald. Dort fassen sie dich auf dem Präsentierteller.* Ich hatte nie Angst. Oder nur in ganz seltenen Fällen. Alles würde ich heut dafür geben, noch einmal Angst zu haben.

Die ersten Tage in Wien, auf fremden Straßen, die sternförmig vom Hausflur bis zur Peripherie der Stadt führten. Am Wochenende mit dem Bus bis zur Endstation, nach ein paar Kilometern die nächste Behausung, die nahen Umrisse der nächsten Stadt. Ich habe kehrtgemacht, nach Süden, nach Norden, aber selbst dort fanden sich Städte, Dörfer, die zu Städten anwuchsen, näher rückten. Unaufhaltsam rückten sie näher, von dem Tag an, als sie die Pappel im Hof fällten, mit Äxten. Das war für sie ein Heidenspaß.

Übergriff, der Handlung, mit der man den Kompetenzbereich eines anderen missachtet, bestimmte Grenzen überschreitet, in Bestehendes eingreift, dieses verformt, abwandelt, einer mechanischen Wirkung unterzieht.

Ich bin die Treppe hinuntergefallen, gegen eine Tür gelaufen, im Bad ausgerutscht. Nein, es tut nicht weh, Herr Doktor. Passiert bestimmt nie wieder. Der Doktor fasst an die Hoden, ob es da auch weh tut.

Ich las gern, während die anderen Fußball spielten, Mädchen und Tieren nachstellten, etwas in der Art. Die erste Zigarette, ich soll mich nicht so anstellen. Schweißgeruch und Tabakrauch, die Mischung macht's, eine fast schon meditative Handlung. Das erste Glas Alkohol mit zwölf, sie hätten mich sonst totgebissen. Ein seltsamer Kodex, wonach man mittels Alkohol zum Mann, Teil einer Rotte wird. Bestiegen, misshandelt, ganz im Sinne der Ordnung, aber aufs Totbeißen wurde fortan verzichtet.

Sie sagten, zu viele Wünsche auf zu engem Raum. Pah!

Die Nähe machte alles nur noch schlimmer. Die Seitenwände der Zimmer, die Decke senkte sich, langsam und täglich einen winzigen Bruchteil eines Millimeters, bevor sie mit einem befremdlichen Klicken einrastete. Ob man danach je wieder in Ruhe schlafen kann? Wenn man mich fragen würde, wovon ich bis heute träume, ich könnte ohne zu zögern antworten, mir einen Reim machen.

7.

Kristina las gern Fachbücher. Wir trafen einander in der Kantine im Krankenhaus, Essen fassen, irgendein Salat, zwei Äpfel. Sie leicht unentschlossen, kaufte drei Schokoriegel, einen Kaffee. Als sie sich umschaute, war nur ein Tisch frei, mein Tisch. Wir sprachen darüber, wer wir nicht sind. Ich fasste mich kürzer als nötig. Ich meine, das ist so: Wenn ich von mir erzählen soll, da liegt mir die Zunge im Weg, zwischen den Zähnen. Der Mund, seit langem schon halsstarrig, die Sprache ein Mühlstein. Wenn man sich eine Nische erobern will, dann vielleicht so.

Vor wenigen Tagen hatte sie bei mir angeklopft, ein paar Bücher ausgeliehen. Wollte wissen, wie groß meine Wohnung ist, wie ich lebe. *Das Bett passt gar nicht zu dir,* sagte sie. Wer weiß, wo das noch hinführt. Später konnte ich nicht einschlafen. Kein Wunder, wenn man so träumt wie ich. Kein Schlaf, etwas Ruhe reicht schon, ich lasse den Tag Revue passieren, das Kaubonbon. Die Nächte zerren früh genug an mir, ganz spröde wird meine Haut, die spannt von allein, meine Soll-Bruch-Stelle. Unverhofft dann doch der Schlaf, eine elektrostatische Entladung, mit einem Mal ist mir schwarz vor Augen. Wien, die Stadt die vom Träumen manchmal Bauchweh hat. Ich übrigens auch.

Bauch, der unterer Teil des Rumpfes zwischen Zwerchfell und Becken, ein Nahverhältnis, sanft kupiertes Gelände hinter dem Arlberg, die Kraterlandschaft meiner Kindheit, ein Raubtier hinter gelegentlichen Büschen.

Mein Bauch ist flach, als hätte man vor langer Zeit etwas darauf abgestellt und vergessen, ein schweres Möbelstück vielleicht, eine Blumenvase, eine richtig große mit Wasser bis zum Hals. Darin Hyazinthen zu Ehren der Gottheit, für die alles wächst, um die sich alles dreht, angeblich. Um fünf Uhr schrecke ich hoch. Ein paar Heuschrecken auf dem Fensterbrett, zwei oder drei, sodass es nicht auffällt. Vielleicht sind die auch ganz harmlos. Aber irgendwann werden sie noch die Tauben verdrängen, die sich zusehends seltener zeigen. Keine Kadaver, gar nichts bleibt von den Tauben. Sie ziehen sich zurück zum Sterben, allen Blicken entzogen, so lauten die Regeln.

Schon früher hatte ich viel über Insekten gelesen, fand sie faszinierend. Die Küchenschaben im Garten, davor Heimchen und Schmetterlinge. In einem Buch stand geschrieben, gestoßene Schmetterlinge, die helfen gegen Bauchweh und Gliederschmerzen, Ameisen schützen vor Durchfall, Heuschrecken sorgen für eine bessere Durchblutung des Darms, der Kopfhaut. Mit Würmern kann man sich zur Not seine Schuhe zubinden.

Säugetiere, wie die miteinander, das tut weh. Ist gar keine Seltenheit, dass die einander nur zum Spaß eins hinter die Löffel, in die Weichteile, jemand entrüstet. Die Paarhufer erst recht, nicht Fisch, nicht Fleisch, nur klapprige Knochen in brauner Steppenlandschaft. Manch einer von der eigenen Herde zu Tode gebockt, weil er in kühlerer Zugluft jemandem im Weg. Das Recht der Stärkeren überall, wenn man die Welt erst durchschaut hat. Ich erinnere mich an mein erstes Buch über Afrika, es begann mit den Worten: *Himmel und Hölle – das Überleben in Afrika.* Und weiter: *In den Wäldern und Flüssen herrschen die Tsetsefliegen.* Dass jemand einer Fliege so viel Macht gibt, über die Spitze der Nahrungskette, der hat doch Humor. Wenn sich ein Insekt erst ins Heim verirrte, sank seine Lebenserwartung rapide. Die ließen nichts ungeschoren. Alles in allem hatte ich mit ihnen mehr gemein, als mir lieb sein konnte.

Oft saß ich im Gemeinschaftsraum, las von Pestiziden, die sollen Insekten nicht wohl bekommen. Hatte mir manchmal vorgestellt, wie sie den gegenteiligen Effekt: Plötzlich krochen Ameisen umher, groß wie Zinshäuser. Angeblich ist das theoretisch möglich, nur eine Frage des Sauerstoffgehalts. Ich erinnere mich an Filme wie *Formicula* oder *Tarantula*, knapp nach Mitternacht. Die anderen aßen Chips, rauchten, es roch nach Tequila. Ich starrte gebannt in die Glotze, ziemlich kleinlaut, die Elle und Speiche zurechtgestutzt. Riesenkäfer liefen durch's Bild, hatten ein paar Menschen gefressen, Spinnen hingen von Wänden, zwischen den Schreien.

Am Schwedenplatz haben sie neulich eine Spinne gefangen, war so groß wie ein Octopus. Die üblichen Schauergeschichten aus der Kanalisation. Ein Mann wird vermisst. Eine Woche später taucht er auf, hat nur ein blaues Auge.

8.

Mein zweiter Hund hieß Sammy, Sammy Davis Junior. Braun, zierlich, sexy. Aber mir war er zugelaufen, ausgerechnet mir.

Wenn man einem Hund erst einmal in die Augen schaut, dann weiß man, der lügt nie. Da passiert gar nichts ohne triftigen Grund. *Herrchen hat dir einen Knochen mitgebracht.* Sammy, der mit dem Schwanz wedelt.

Ich fand das immer ein wenig verlogen, wie Hunde betteln können, die großen Kulleraugen, als wäre ein Mensch das Wichtigste auf der Welt. Dass es überhaupt Menschen gibt, ist ein Wunder. Die bringen die Konturen eines Tieres erst voll zur Geltung. *The girl's best friend.* Sammys Lächeln! Mein Hund ist eine Ikone der Zahnkosmetik, aber dann geht es doch wieder nur ums Fressen.

Es hat geregnet, *cats and dogs.* Wien bis zum Bauch im Schlamm, das Hochwasser riss alles mit sich. Ein paar Millionen unter der Armutsgrenze waren ertrunken, die Wetterkapriolen der letzten Jahre, manch einer spendete für die betroffenen Familien. *Sei wachsam, auf der Hut, sei dir eine Feder oberhalb der Wogen.* Ein guter Einfall bringt einen fast immer auf die richtige Spur. Dass es sie gibt, die Lebensabschnittspartner.

Im Heim hatten wir Heidenrespekt vor dem Wasser. Das schluckt fast jedes Geräusch, so schön es auch sein mag.

Bei Termiten ist das anders, die kennen keine Angst. Sie bleiben ein Leben lang zusammen im Bau; ein König in seiner Burg, eine Königin tief im Bunker, die schlanke Taille, zwei Flügel voller Glasnarben, ein Hofstaat, der ihr jeden ihrer Wünsche von den Augen abliest. Dabei trägt sie gar keine Krone. Später in den Steppen schwärmen ihre Jungen aus. Einmal im Jahr ziehen sie in die Welt, fliegen nach Casablanca, zum Vesuv, nehmen sich Land. Die ersten Siedler selbst in entlegensten Gegenden. *Play it again, Sammy.* Manchmal will man ein Lied immer wieder hören, wenn sich doch auch die Geschichte wiederholt. Mein Hund hatte gar nichts übrig für Termiten. Bei Kakerlaken hätte ich es noch verstanden. Bestimmt liegt das daran, dass wir aus zwei völlig verschiedenen Welten, nicht über denselben Erfahrungshorizont verfügen, wo doch gerade Erfahrung etwas so Elementares ist. Eine Plantage am Land, ein völlig anderer moralischer Hintergrund ist das, als in der Stadt. Sammy war dort Teil eines Zuchtprogramms, weiß Gott wie viele Geschwister. Wen wundert's, dass wir auch mal unterschiedlicher Meinung.

Kristina hat unlängst Folgendes klargestellt: *Ich habe keine Angst im Dunkeln.* Es war wohl von meinen Augen abzulesen. Menschen und ihre Phobien.

Ich kannte eine Schwester, die hatte Angst vor Ärzten, das war vermutlich auch nicht fair. Andere haben Angst vor dem Tod, denken ständig daran, wie es ist, tot zu sein, fragen Psychologen, ob es weh tut, was sie tun könnten dagegen. Bei Früherkennung besteht doch Aussicht auf Heilung, dass man sich bessert. Man bessert sich oft schon dadurch, dass es nicht schlimmer wird, nicht? *Für eine Resozialisierung, Herr Doktor, ist es da zu spät?* Der nickt, zweihundertfünfzig Euro die Stunde Sonderzulage, ich glaube, Psychologen haben da ein Recht darauf. Es ist so, die Ängste von Menschen haben das zwanzigste Jahrhundert ins Unglück gestürzt, das neunzehnte vollgepisst, das achtzehnte abgetrennt, das siebzehnte perlustriert und ewig so weiter. Die Angst bleibt das größte Monster von allen.

Kristina ist gelernte Dermatologin. Ich habe danach gefragt, als wir zum wiederholten Mal in der Kantine aufeinander. Die Ärzte saßen prinzipiell beim Eingang (es konnte jeden Moment losgehen), das Personal weit abgeschlagen bei den Toiletten. Kristina setzte sich zu mir. *Hauptsache Hautsache,* das Motto der Dermatologen. Dabei verdrehte sie kurz ihre Augen, es sollte witzig sein.

Eigentlich wollte sie Pathologin werden, aber ihre Eltern voller falscher Vorstellungen von diesem Berufsstand. *Pathologie, das ist so, als würde man eine Wiese mähen: Man beginnt am Rand, arbeitet sich vor, manchmal sägt man Muster ins Gras, irgendwann alles darnieder, duftet nach Wildblumen, darüber Fliegenschwärme. Man nimmt einen Rechen, kehrt das Zeug auf einen Haufen, wartet, bis es regnet, wieder etwas nachwächst.* So hatte das Kristina jedenfalls ihrer Mutter erzählt. Bald schon stand fest, dass Kristina Dermatologin werden würde.

Ich bin ja zufrieden, die Haut ist ohnehin ein Faszinosum. Aus ihrem Mund klang das irgendwie obszön. Man müsse sich vorstellen, sie holte tief Luft, *jahrhundertelang wussten die Menschen nicht, wie es darunter aussieht. Die Haut barg Geheimnisse. Findest du nicht, dass jeder Mensch ein Geheimnis haben sollte?* Irgendwann aber wussten die Menschen genug über sich, wie alles zusammenhing, wenn sie auch nie wirklich begriffen warum. *Sag mal, interessiert dich das überhaupt?*

Die Pathologen haben den Menschen neu entdeckt, dagegen war die Reise zum Mond ein Kinderspiel. Kristina grinste. Beim Studium, da schlich sie regelmäßig mit Kollegen in den Sezierraum. Nach Mitternacht Leichen schröpfen, bei Kerzenschein. *Man nimmt ein Skalpell, schält vorsichtig die Haut ab, ohne sie allzu sehr zu verletzen* – Pathologen sagen verletzen, niemals beschädigen –, *danach stülpt man die Haut einer anderen Leiche über. Das ist wie mit einem Kondom, wenn es gut gemacht ist.* Einen kurzen Augenblick lang verstand ich die Bedenken ihrer Mutter voll und ganz.

Redundanz, die mehrfache Kennung ähnlich gelagerter Information, stilistisch bedingte Überladung einer Aussage, aufgrund vielfacher Wiederholung einer Tätigkeit erworbene Fertigkeit, menschlicher oder tierischer Torso ohne Kopf und Glieder, ergo überflüssig.

Mit zehn im Heim habe ich davon gelesen, es auf alles in meiner Nähe bezogen. *Irgendwann hack ich mir den Arm ab, wenn das Rasieren und das Haare schneiden nicht mehr reicht.* Das hat Methode, gewiss, wenn man sich darauf einstellt, Stück für Stück von sich abzugeben, an der Garderobe, beim Organspenden. Man macht sich auf eine Entdeckungsreise, zum Ursprung des Bösen in einem selbst.

Mit fünf sagten sie mir, ich soll keine Comics lesen, es sei eine Sünde, dieser Schund. Ich erinnere mich, wie ich zum ersten Mal Mutanten sah. Ein Autodidakt war ich, wusste, Lesen offenbart Geheimnisse. Ich meine, die meisten Monster werden gar nicht als solche geboren. Mit der Zeit passiert das einfach, die Saat geht auf, es sprießt die Brustbehaarung, der personifizierte Wandel. Man erkennt nur sich selbst, ganz schön unheimlich! *Mr. Hyde, würden Sie kurz den Spiegel halten?*

Ich meine, nicht einmal interessierte Zoo-Besucher wissen von der Verwandlung der Heuschrecken, die sich auf allen Vieren mehren, später hoch auf zwei, stelzige Beine, die alles in ihrer Nähe zu Fall bringen, bis die Bodensicht gleich null, das Rascheln der vielen Kauwerkzeuge. Sie stehen einander gegenüber wie Büffel oder Hirsche, kämpfen um Räume, Territorien, die letzten grünen Oasen, bis keine mehr da sind. Dann schnell zusammengerückt, es wird wärmer, es wird heiß. Heuschrecken besitzen noch diesen genetischen Reflex. Sie können wachsen, groß werden wie ein Arm, oder schlimmer noch, sie verlieren jeglichen Anstand dabei. *Du glaubst mir doch?* Eine Zeitlang liebte ich es, im Zoo ohnmächtig zu werden, aber das würde zu weit führen.

Im Heim, einer der Lehrer ging mit uns laufen, jeden Morgen, trieb uns vor sich her, unerbittlich. Die Hornissen, in manchen Sommern flogen sie uns ins Haar, im Wald, das schlug auf den Magen, was auch Einfluss hatte auf die übrigen Organe. Manchmal kreuzten graue Wölfe unsere Fährte. Wer nicht mehr folgen konnte, dem Rudel hinterherhechelte, musste nachsitzen, mit ihm duschen gehen, Wasser treten, wenn er heranschlich von hinten. *Du bist so schön von hinten.* Irgendwer hat das einmal zu mir gesagt, einer hat das dann sogar gesungen. Für einen Jungen meiner Größe konnte ich ziemlich schnell laufen. Ironie! Die Letzten werden die Ersten sein.

Der Mann war gar kein schlechter Pädagoge, zwei nette Kinder, eine Frau. Wie ihm das passiert ist, weiß er wohl selbst nicht mehr. Wer in Arlberg kennt schon die Keller seiner Nachbarn? Wer leichtfertig einen Baum umschneidet, muss nichts auf dem Kerbholz haben. *Schatz, es wird etwas länger dauern, die Schule nimmt mich ordentlich ran, das Lernen fürs Leben.* Oder so ähnlich. Später hat mir ein Berufsberater ernsthaft geraten, Lehrer zu werden. Dann könnte ich mein Wissen weitergeben, weil ich angeblich jetzt schon zu viel weiß. Vor ihm lag ein von mir ausgefüllter Fragebogen. Dabei hieß es in der Schule früher, *Lois fällt zum wiederholten Mal aus der Reihe, stört mit extravaganten Fragen den Unterricht, bla bla!*

Von da an wollte ich Krankenpfleger werden, wenn man mich danach fragte. Hat dieser Beruf nicht gewissen Anstand?

9.

Kristina, sie hat eine echte Viper im Mund, zwischen zwei Zahnkronen, die schaukelt umher, wenn sie nur zubeißt, ist sie alle Sorgen los. Gestern sah ich sie im Krankenhaus, hinter ihr Patienten, als würden sie dem Messias folgen, ein Lächeln verhalten auf ihren Lippen. Ihre Familien kommen tagtäglich, sitzen an den Fußenden der Betten, keiner hat etwas dagegen, berührt zu werden, ganz egal, wie beiläufig diese Berührung sein mag. Wir Krankenpfleger sind die besten Kumpel im Haus, von Stollen zu Stollen bewegen wir Erz, meiden die Staubentwicklung, der Oberarzt: *Machen sie bitte kein Drama draus!*

Früher noch gaben sich Ärzte viel Mühe bei Operationen, die konnten noch richtig gut herumdoktern an einem, wenn es zum Wohle der Wissenschaft: *Ach, treten Sie ein, Herr Kollege, da staunen Sie,* schnipp schnapp, *war doch die Niere, die einfachen Dinge des Lebens!* Ich meine, so ein menschlicher Körper ist doch unglaublich komplex, dass da mal was schiefläuft, darf das verwundern? Wenn man jemanden unter'm Messer, die leeren Augen, die selbst Chirurgen irgendwie nicht kaltlassen. Wenn nicht einmal die mit ihrer Routine mit sich ins Reine kommen, wer dann?

Die Frau des Oberarztes kam unlängst mit zur Visite, ein stierer Blick, ganz in der Rolle der Gattin, das Wohl der Gäste im Sinn, davor etwas Selbstachtung, half auch nicht so recht. Appetitlosigkeit. Blässe. Aber ihr Mann war immer gut zu ihr.

Monstrum, das Ungetüm, unförmiger Gegenstand, dem die Haare zu Berge, uneingeschränkte, mit Gewalt unterdrückende Ausübung der Herrschaft, fragwürdige Person, die sich in besonderer Weise für etwas begeistert, Zahnspitzen, die sichtbar werden durch eine Abfolge stoßhaft hervorgebrachter Laute.

Mit fünfzehn im Heim kam mir die Idee mit dem Lügen. Mir würde ohnehin keiner glauben, was hatte ich schon zu verlieren. *Statusbericht Sternzeit fünftausend, Käpt'n Spock.* Spock kam durch die Tür, in seiner unnachahmlichen Art, der Besserwisser. *Mach deine Hausaufgaben, Junge, du bist nicht im Urlaub,* er lachte. Manchmal glaube ich, Menschen sind einfach nur Denkschablonen, zum Überstülpen, um den Schein von Normalität zu wahren, um der Sehnsucht nach Ordnung Genüge zu tun. Monster finden darin keinen Platz, sie sind verständlicherweise strukturelle Feinde des Logischen. Spock spitzte die Ohren. *Für so einen Satz hätten sie mich früher befördert.*

Die Tage, wenn sie kürzer werden, über dem Arlberg ein erster Anflug von Winter, möglicherweise stand irgendwo einer, der sich ein Stück vom Tag abschnitt, nur so aus Spaß, das hätte doch Methode. Eine unscheinbare Drehung des Erdballs, dafür wird keiner zur Verantwortung gezogen. Ich meine, wie schnell gerät man in eine Situation, die gar nicht zu einem passt. Und wenn das an der Rotation des Himmels liegt?

Ich habe gelesen, in Afrika, ein Heuschreckenschwarm, flog von den Ausläufern der Sahara bis tief in den Sudan, später, im Sturm nach Europa, über das Mittelmeer, aber ein paar Seemeilen vor der Küste war Sense mit Aufwind. Niemand schaffte es bis ans Ufer. Über dem Arlberg wieder bläst der Wind fast immer aus Nordnordwest. Mein Zimmer lag natürlich im Nordflügel. *Wie man sich bettet, so liegt man.* Wer das gesagt hat, dem gehört – mit Verlaub – eins in die Fresse.

10.

Es gibt keine Monster, ganz ausgeschlossen. Die würde man in Zwinger stecken, so schnell kann keiner piep sagen. *Das muss schneller gehen, Männer.* Käfig auf, Tür zu, hinter Schloss und Riegel in irgendwelchen geheimen Lagerhallen der Regierung, bis man ein Monster braucht, um es auf Hausfrauen zu hetzen. Ich trage zwar eine Brille, das schon, aber Monster wittere ich selbst gegen den Wind, dafür langt es noch.

Manchmal im Kino, Spätvorstellung, an der Kassa gähnt jemand. Vermutlich kennt er den Film noch von früher, aus einem anderen Leben, hat aber wie ich nichts Besseres zu tun in seiner Freizeit, in Wien, hat gar nichts dazugelernt. Kinos findet man gern in Hinterhöfen, kleinen Gassen, betritt einen Saal, der Welt für Stunden verloren. Unlängst habe ich gelesen, dass Kinos bei Serienkillern besonders beliebt. *Sie fühlen sich dort geborgen, werden selbst Opfer, Opfer der Leinwand, die alten Stimuli. Dort ist es ganz besonders empfänglich, das Gemüt. Wie der Mensch eben gestrickt.* Behaupten namhafte Psychologen. Man könnte dem Rechnung tragen, methodisch vorgehen. Präventiv.

Untertitel: *Nein. Tu das nicht. Es ist falsch. Macht Flecken. Genug ist genug!*

Im Heim, als wir zum ersten Mal ins Kino fuhren, nach Arlberg, eine Spätvorstellung, aber wir standen noch immer unter Aufsicht, *diese verdammten Vietkong,* die schossen im Dschungel herum, nicht etwa zum Spaß, was glaubst du denn? Ich verließ den Saal noch vor dem Schlussgong, bevor das Ende kam. Ich meine, wenn man weiß, wie es endet, was hat man noch verloren unter den Menschen? Heute bleibe ich geduldig sitzen beim Abspann, der immer weiter. Ich denke nach, über meine Sehnsucht, ein sensibler Kerl zu sein, besser als die anderen, als ob das schwer, und über die vage Möglichkeit des Scheiterns. Die wahren Opfer, wer kennt schon ihre Namen, das Kleingedruckte auf Celluloidrollen. Sogar in der Zeitung ist jeden Tag wer Neuer tot. Schnell ein Schluck lauwarmer Cola, sofort ein paar Gramm zugenommen. *Das passt gar nicht zu dir.* Das passt doch gar nicht zu mir.

Das Licht, plötzlich ist das Licht an. Mir wird freundlich nahegelegt, den Saal doch zu verlassen, man schließe. Ich solle Anstand zeigen, mir ein Beispiel nehmen. *Der da drüben ist auf Bewährung. Packt sogar mit an, wenn's sein muss.* Der hat's aber wirklich nötig. Statistisch gesehen sieht man im Kino am häufigsten Monster. *Ich weiß, die sind nicht echt, aber es ist ein Anfang.*

Nach dem Kino befällt mich eine gewisse Lethargie, ich bin müde. Ich meine, nach vierunddreißig Jahren darf man doch langsam müde sein. Wien bleibt eine Kulisse. Ich eile nach Hause, um dunkle Ecken. Das Lauern hinter Mauervorsprüngen, darauf steht die Todesstrafe in Gesellschaften, die's wissen wollen. Der Pulsschlag, vierundzwanzig mal pro Sekunde. Es lässt einen schon etwas neben sich stehen, das Blut. Im Heim, wenn wir aus dem Kino kamen, ich erinnere mich, alle wollten darüber reden, wie warum was genau. Angeblich halten nur Serienkiller lieber den Mund, bleiben unter sich, knapp gefolgt von Zahnärzten. Lassen sich trotzdem viel einfallen. Das Blaue vom Himmel. *Nein, es wird überhaupt nicht weh tun.* Nicht dass ich ständig daran denke, aber im Kino schaue ich mir meine Sitznachbarn schon genau an.

Einmal brachten sie uns einen ins Krankenhaus, weißer Mann, rotes Hemd, blaue Jeans, knappe vierzig. Vier Frauen getötet, wie sich später herausstellte. Insgesamt vierhundert Stiche. Nicht er! Das Ende auf der Intensivstation, von der Polizei angeschossen. Ein paar Wachebeamte sahen dem Chirurgen auf die Finger, als dieser die Kugel aus seinem Körper holte. Hielt sie hoch, die Trophäe, jemand grinste, sagte noch: *Das Schwein soll verrecken.* Danach wurde er verlegt, zu mir auf die Station. Als er die Augen aufschlug, hatte ich gerade den Tropf oberhalb seines Kopfes gewechselt. Wenn man durch ein Stück Glas auf jemanden hinabsieht, verläuft sich der, die Gesichtszüge verschwimmen, verlieren ihre schöne Fassung. Ich hielt unwillkürlich die Luft an, schwamm im Kopf ganz schnell vierzig Längen. Wenn ich das tun kann, habe ich das Gefühl, nicht auf die schiefe Bahn zu geraten. Es ist doch nicht so weit hergeholt, dass sich irgendwann vielleicht etwas zum Guten wendet. Er sah dann zu mir hoch wie Humphrey Bogart in diesem Film, die Augenbrauen kurz nach oben, sagte aber kein einziges Wort.

In der Nacht sind wohl alle Katzen grau. Als er noch dalag, seine Wunden leckte, stand ein Anstandswauwau vor der Tür, den hielt der Kaffee wach. Die

Schwestern auf der Station können wirklich noch Kaffee kochen. Ich erinnere mich, wie wir im Heim manchmal Kaffee tranken, der schmeckte nach Sägespänen. Irgendwo mussten sie die alte Pappel doch beimischen. Gut und Böse, ich glaube, das gibt es gar nicht. Manchmal spielen die Guten falsch, missachten die Schonzeiten. *Das Mindestmaß hatte er doch, oder?* Alle nickten sie, einem von ihnen auf die Schulter geklopft, dem Herrn Kommissar, ein Mann, krumm wie ein Bogen. Den Frauenmörder nenne ich weiterhin Humphrey, die beiden zum Verwechseln ähnlich, Bogart hatte vielleicht den besseren Schmäh. Dabei habe ich noch nie im Leben *Casablanca* gesehen. Da werde ich in meinem Alter keinen reinen Tisch mehr machen. Als der Kommissar nach Wochen sein Wild abholt, grüßt er mich ganz höflich, der Jagdherr, fasst Humphrey am Kragen, schiebt seine Beute vor sich her, die Tür hinter ihm fällt lauthals ins Schloss. Ich werde später über ihn schreiben, ein stiller Mann, dem hat man nichts angesehen.

Dem Gesetz bin ich allerdings noch nie in die Quere, ein Polizist wollte vor Jahren meinen Ausweis sehen, mehr ist nicht. Ich bin fortgelaufen, nur um herauszufinden, was passiert, wenn die Lage brenzlig wird. Er hat in die Luft geschossen, dabei war sein Trommelfell geplatzt, *ein dummer Unfall, Herr Inspektor, Sie sind ausgerutscht, haben sich nicht mehr bewegt, das müssen Sie mir einfach glauben.*

Das Ende meines Fluchtversuchs.

11.

Irgendwann landen sie alle bei mir, im Krankenhaus, nur eine Frage der Zeit, der Geduld. Stricken, dabei kann man schon was lernen. Viele lassen sich röntgen und operieren, mit Stromstößen behandeln, kommen auf Raten. Andere unverhofft, bisweilen ohne Bewusstsein. Wir holen sie uns dann wieder ins Licht. Im kalten OP-Licht könnte es nicht einsamer zugehen. Ich kannte einen Pfleger, der duplizierte Röntgenbilder, heimlich. *Ich bin Sammler*, erzählte er mir verstohlen während der Nachtschicht. *Aber nehme längst nicht alles, nur die symmetrischen Köpfe.* Die Schädelknochen von symmetrischen Menschen haben es ihm angetan, das hat etwas mit Gottesfurcht zu tun. *Lassen sich schön auf weiße Wände projizieren. Davor kann ich beten!* Früher baute man Kirchen.

Ich verbiss mir die Frage, ob ich seinen Kopf treten kann, nur zum Spaß, meiner inneren Ordnung wegen.

Im Heim mussten wir Ordnung halten, darauf wurde penibel geachtet. Zweimal am Tag gab es Kontrollen, da kamen die Ordner und Täuscher in ihren Heimuniformen. Sie kontrollierten das Bett, die Laken, suchten nach Samenflecken und Comicheften. Bei mir konnte keiner fündig werden, wo ich doch alles, was mir irgendwie wertvoll, im Garten vergrub. Dort wo einst die alte Pappel stand.

Ich huste mir die Seele aus dem Leib. Ich huste mir die Seele aus dem Leib, nach einem Weib. Auch das noch. Sag cheese!

Sammy hatte früher oft grundlos gebellt, auf der Straße, kein ersichtlicher Grund. War ein guter Hund, mochte Kinder, mit denen konnte er spielen, bis zum Abwinken. Nur von Erwachsenen wollte er nie berührt werden. *Will das auch nicht.* Ließ sich von keinem so leicht in die Enge treiben. Das Wort „Abstand", Sammy zelebrierte es noch. *Buchstabier mal „Abstand". Wuff wuff, so ein Kluger.* Einmal hat mich in Wien ein Mädchen angesprochen, auf der Straße, ob sie ihn berühren darf, den Hund, ob der echt. In diesem Moment war die Welt voll in Ordnung.

Morgens im Heim, um sieben gab es Frühstück. Wer zu spät kam, wurde drei Tage lang nicht gefüttert, in die Mangel genommen. Mein Magen zusammengeknüllt, die Kontraktion, das schmerzte, auf einer Skala von eins bis zehn glatte acht, gute Nacht. Einmal hatte ich aus Protest eine Woche lang freiwillig das Essen verweigert. Wenn ich standhaft geblieben wäre, wer weiß. *Den Maikäfer vor meiner Tür habe ich nicht gesehen. Ein verdammter Schritt. Es machte ein Geräusch, ich würde lügen, wenn ich behauptete, es hätte nicht gut getan.*

Insgesamt wurde ich in meinem Leben selbst zweimal angefahren. Sammy hatte nicht aufgepasst, das dumme Biest. Schon seltsam, im eigenen Krankenhaus einzulaufen, auf einer Bahre, da liegt man selbst. Kristina kam in die Ambulanz, alle schauten mich an, meine zwei Köpfe. *Noch nie einen Verletzten gesehen? Tut mir einen Gefallen, keine Fotos. Es besteht kein Grund zur Beweisaufnahme.* Ich erinnere mich, sie hat sich zu mir gekauert, etwas in mein Ohr geflüstert, meinte: *Du müsstest tot sein. Nach Strich und Faden müsstest du.* Im Heim war ich vor Jahren einmal in einem Fluss fast ertrunken. Sah einladend aus, das kühle Nass. Aber sonst bin ich gänzlich unbescholten. Ein kleiner Unfall noch mit dem Fahrrad, die Schnauze danach etwas platt. *Mädchen, du musst fortan ganz auf deine Titten setzen.* Wie soll man sonst noch einen Fuß auf den Boden bekommen?

Am Abend haben sie mich endlich operiert, meine erste Vollnarkose, genoss es, in die Mangel genommen zu werden von Drei-Schnitt-Rotorblättern. *Was soll ich mit einem Kreuzstich?* Ich höre Mr. Spock noch sagen: *Junge, siehst du aber beschissen aus. Iss mehr Karotten.* Aber mal ganz ehrlich: Was wissen Vulkanier schon. Die trinken ihren Wein aus Pappbechern, aus Pappbechern, ich werd noch verrückt! Als ich aufwache, ziert eine Narbe mein sonst so waches Gedächtnis.

Kristina will es wissen: *Geht es dir wieder besser?* Sie nimmt ihre Hand von meinem Gesicht, sagt: *Alles wird gut,* ballt die Faust vor meinen Augen: *Riech dran,* meint sie, *das ist großartig.* Sie riecht wirklich gut. Ich glaube, mich gibt es gar nicht.

Durch die Tür kommt ein weiterer Arzt, glatt rasiert, nur am schütteren Haaransatz schimmert die Kopfhaut durch. Das Ganze ist fast etwas unanständig. Ob es dem Patienten nun besser geht? Ich schrecke hoch, hätte nicht gedacht, dass überhaupt wer an mir interessiert. Ich habe meine Schwierigkeiten mit gesteigerter Aufmerksamkeit. Verstohlen mache ich in Gedanken ein Foto aus dem Küchenfenster. Ich will einfach nur frühstücken. Das viele Liegen macht keinen schlanken Fuß. Um genau zu sein, es macht mich wahnsinnig. Als ich aus dem Fenster sehe, steckt Sammy seinen Pimmel gerade in eine Hundedame namens Lorraine. Ich meine, man darf das Hunden nicht übel nehmen, die sind einfach spontan.

In einem Monat musst du wieder zum Dienst. Wirst nichts Schweres heben können für den Rest deines Lebens. Kristina und ihre Prognosen. Mich erinnert das an damals, als ich fast ersoffen, da hatte ich auch keinen Durst, ein ganzes Monat. Sie hat mir sogar Schokolade mitgebracht. *Schmeckts?* Findet die mit Nougat am besten, die macht etwas langsamer beim Kauen. Mich hat man schon oft angeschossen, aber noch nie mit Nougat. Das ist irgendwie billig.

Die ersten Gehversuche im Flur, dort lauert mir ein Anwalt auf. *Wollen Sie Anzeige erstatten?* Er könne sich das schon vorstellen, *Fahrerflucht in Wien, das wird geahndet, junger Mann! Da schaut keiner weg, nur weil es bequem, mein Herr!* Ich verspreche hoch und heilig, Anzeige zu erstatten. Gegen unbekannt.

Ich werds mir überlegen, Sie anrufen, sage ich laut. Was muss man tun, mit wem, damit man seinen Frieden findet?

Distanz, die innerer Abstand zum sich abzeichnenden Tathergang, Verhältnis zwischen zwei miteinander in Beziehung stehenden Personen, von denen eine besonders durch ihre Allüren von sich reden macht.

Am Gang treffe ich den Primar, er reicht mir sogar kurz die Hand. *Fast hätten wir Sie verloren. Nicht auszudenken!* Mit diesen Händen hat er mich also aufgeschnitten, grad mal so, nach dem Frühstück. Ganz kurz habe ich das Gefühl, mich bedanken zu müssen. Ob er auch Nougat mag? *Der Tathergang, sparen Sie nicht mit Details.* Er will alles wissen. *Vorwärts!* Dass er nachfragt, ich glaube, das ist von Berufs wegen. Er mag Experimente am lebenden Objekt. Als Heimleiter hätte er wohl keine schlechte Figur gemacht, ein paar Pfund weniger vielleicht, nicht ganz so viel Speck auf dem Brötchen. Egal. Der Wagen schoss heran, Sammy spielte am Straßenrand, der Primar wusste gar nicht, dass ich einen Hund habe. *Weiter!* Ich schwöre, es sah so aus, als ob gar keiner am Steuer saß, vielleicht ein Liliputaner. Oder ein kleines Mädchen. Es könnte natürlich auch älter gewesen sein. Nach dem Aufprall waren beide kurz ausgestiegen, da war ich noch voll bei Bewusstsein. Der Wind trug sie fort.

Im Heim konnte ich noch mit dem Wind um die Wette. *Bist ein richtiger Windhund*, sagten sie, lang genug ist das her. Heute nach dem Unfall sind schon zehn Schritte eine Distanz, die von sich reden macht. Die Kniescheibe von zwei Heftklammern gehalten, unmittelbar nach der OP die Dränage im Wundbereich, die Körpersäfte, die in eine neben dem Bett stehende Cola-Flasche. Das Tropfen verrät es. Mein linkes Bein schwer zerrüttet. Ich meine, es gibt natürlich Schlimmeres. Wenn man Schlimmeres sucht, wird man schnell fündig. Später, zu Weihnachten ließ ich es überhaupt kürzen, mein Bein. Aber wen interessiert's, dass ein paar Millimeter weniger einen wie mich vielleicht glücklich machen.

Ein schneller Blick aus dem Fenster, im Einzelzimmer, da hat sich die Verwaltung nicht lumpen lassen. Ich gehöre immerhin zum Team. Der Primar, unermüdlich betont der, wie wichtig ihm Teamgeist. Ich beobachte eine junge Frau beim Aufwärmen im Park, auch am Knie verletzt. Ich sehe noch, wie sie zum Auto hinkt, ein silberner Anhänger baumelt tief ins Dekolletee. In den Spätnachrichten war sie schon tot.

Nach zwei Wochen schließlich in häusliche Pflege entlassen, aus Kostengründen. Man hat mir geraten, den Bus zu nehmen, im Bus ist es warm um diese Jahreszeit. Vor dem Krankenhaus befindet sich eine Haltestelle, das ist praktisch. Die war schon da, noch bevor das Spital gebaut wurde, die gab angeblich den Ausschlag. Die Zukunft, sie lautet Verkehrsanbindung. Ein Bus immerhin ein kleiner Schritt dorthin. Natürlich hatte ich Pech, trat dort versehentlich gegen das Schienbein einer Schwangeren. *Habe ich ein Glück,* sagt sie, quittiert's mit einem Lächeln. *Ich bin sehr müde, Madame.* Keine Lust auf Konversation. *Das müssen sie einfach glauben.* Vor den Augen des entsetzten Busfahrers setzten kurz darauf ihre Wehen ein. Ich biss noch einmal die Zähne zusammen – *Ein Regal stelle ich auch auf, in null Komma nix* –, löste die Umklammerung ihrer Beine, das Kind zog nach oben, zur Luft, der Korken einer Champagnerflasche, dem muss man nur etwas zureden, dann geht er ab wie von selbst. Ich erinnere mich davon gelesen zu haben, dass Monster eigentlich gar keinen Nachwuchs gebären, jedenfalls nicht so, wie man sich das gemeinhin vorstellt. Die vermehren sich durch Zellteilung. Mr. Spock bricht sich zweimal das Genick, so vehement schüttelt er den Kopf. *Ich nehme den Einspruch zur Kenntnis, aber verschone mich künftig.* Es gibt Dinge zwischen Himmel und Erde, die kann man in anderen Galaxien offenbar nicht nachvollziehen.

Höchste Zeit, ins Bett zu kommen. Der Busfahrer brachte mich bis vor die Tür, war so einer. Der hatte doch tatsächlich geglaubt, ohne mich seinen Job zu verlieren, wenn ich nicht bereit gewesen wäre zu dieser Drecksarbeit. Ich sehe das in seinen Augen, dass er so denkt, der Dreckskerl. Natürlich kann ich ihm eins in die Fresse, aber wer stützt mich dann die letzten Stufen, trägt meine Einkaufstüte. Im Heim, wenn man an der Zimmertür zog, sie schließen wollte, immer hatte man dieses Gefühl, jemand habe etwas dagegen. Ich meine, sie haben gepredigt, es gäbe eine Privatsphäre, aber man konnte nie sicher sein, wer noch eintrat, wenn man zu Bett wollte. Es war also ratsam, sich umzublicken.

Schlaf jetzt. Morgen sieht die Welt wieder ganz anders aus. Wenn mich mein Gefühl nicht trügt, liegt da jemand ganz schön falsch.

12.

Kristina stand vor der Tür. Sie trug einen Papierdrachen, es war Herbst geworden. Man kann das für gewöhnlich an den Augen ablesen, dass es vorbei mit der Friedfertigkeit, wenn sie um ist, die Zeit der Gefiederpflege. In der anderen Hand das Skalpell. *Eine reine Vorsichtsmaßnahme*, behauptete sie. *Keine Schutzbehauptung, für wen hältst du dich?* Sammy versteckte sich wie üblich im Badezimmer, zwischen den Wäschekörben.

Vor einiger Zeit eine Boa im Flur, kam durch die Tür. Hätte ich kein Licht angemacht, ich wüsste bis heute nicht, ob mir der Verstand manchmal Streiche spielt. Allein davon zu erzählen, kostet schon Überwindung. Ich meine, ein intimer Moment zwischen zwei Jägern, vier Augen und keine Ahnung, wer als erster den Schwanz einzieht. Ihr Schwanz war übrigens deutlich länger. In der Nähe der Baumgartner Höhe wollte eine Boa einmal sogar ein Wildschwein fressen. Wer hätte das gedacht? Passanten riefen schließlich die Rettung. *Geben Sie nicht auf, Herr Doktor, das Schwein ist ja noch so jung!*

Im Heim gaben sie sich gern weltfremd. In Arlberg am Walde ist die Welt überschaubar, die Schweine streifen durch Wälder, und Boas gibt es nicht. Einmal im Jahr, zum Erntedankfest, wurde ein Schwein gegrillt, am Spieß. Das brachten sie im selben Wagen wie mich damals, als die Pappel noch stand. Auf der Rückbank saß es, ein kleines Einschussloch zwischen den Augen, den matten Augen. Nur so zum Spaß hatten sie ihm einen Hut aufgesetzt. Ich erinnere mich, dass man mir sagte, Schweine haben gar keinen Charakter.

Mein erster Arbeitstag nach immerhin neun Wochen Krankenstand, das steckt in den Knochen. Man kann mit sich und der Welt so rein gar nichts mehr anfangen. Kristina will wissen, ob ich was brauche nach der Tagschicht. *Du machst keine Umstände, will ohnehin einkaufen. Es ist mir ein Vergnügen, für zwei aufzudecken.* Die Oberschwester deutet unterdessen in Richtung Notaufnahme, da bin ich gefragt. *Muss los*, im OP nehmen sie jede Verspätung persönlich. Ein halbes Jahr Geschirr abwaschen, wenn's schief läuft, wer hat da schon Lust darauf. Die Ärzte sagen gern *Mädchen für alles* zu mir, weil ich schnell bin und mitdenke. Ein Mädchen wie ich, mir ist schon klar, dass es Schönere gibt. Aber bei einer OP, wenn man eine Maske trägt, was hat man da schon davon. Keine Seltenheit, dass man sich schneidet, *verdammt*. Wenn man zu schön ist, passieren anderen immer so Sachen.

Sie brachten einen Mann, schockgefroren. *Wie ist das passiert?*, wollte der behandelnde Arzt noch wissen. Sein Herz schlug wacker, ein paar Stunden lang. Ich meine, wir haben alles probiert. Angeblich hatten die Kollegen im Schlachthaus bloß einen Scherz ausgeheckt, im Gefrierraum, die Tür von außen verriegelt, klar ist das Mord. Minuten später bringen sie eine Frau, von der Hüfte an unter einen LKW geraten, so einer, der Fisch ausliefert im Großhandel. Der Unfallchirurg meint noch, *Sex kann die sich abschminken.*

Das Blut, wie eine Wäschetrommel schleudert sie das durch die Gegend, die elektrostatische Entladung des Körpers, bevor es ans Eingemachte geht. Später sackt sie zusammen, ist tot, bevor ich den Boden aufwaschen kann. Der Tod kam trotz allem ungewöhnlich schnell. Aber schön, das war sie. Noch am selben Abend habe ich heimlich die Rosenhecken gegossen, hinten im Garten, mit dem Schmutzwasser. Alles andere wäre doch Verschwendung. Kaum lauf ich wieder zurück, kommt ein Mann hereingetorkelt, der Rettungsfahrer mit dem abgetrennten Arm in seiner Kühltasche. Darunter zwei Dosen Bier.

Um neun kehrt endlich Ruhe ein, von nachtaktiven Tieren zunächst keine Spur. Lediglich Spock will wissen, warum ich so blass. Ein langer Tag eben und dann das hier. Ich drehe meine Runde, schön langsam, ich meine, die letzten Pillen sind ohnehin schnell verteilt. Die meisten Patienten schlafen schon, als ich es sehe: In einer Ecke von der Decke am Gang hängt ein Wespennest, keine Ahnung, wie schnell sie das im Normalfall hochziehen. Mr. Spock meint, *ausräuchern! Das darfst du auf keinen Fall durchgehen lassen. Im Inneren der Waben lebt eine Königin, groß wie deine Faust. Diese Faust, Junge, die will dir ans Leder.* Ich glaube, Spock ist da heute etwas vorschnell.

Trotzdem, es hagelt die ersten Beschwerden. Wenn so ein Nest auf ein Bett fällt, nicht auszudenken, was noch passieren könnte. Mona läuft los, holt eine Leiter, dann entschlossen ans Bein gelehnt, nur um mich abzusichern, wo ich doch so ängstlich nach meinem Unfall. Natürlich ist die aus Metall, drückt sich durch ihre Strümpfe. Mona, später gibt das einen schönen Bluterguss, aber bitte. *Hoch die Sprossen!*, sagt sie. *Wenn man nur will, das geht schon! Los, schneide!* Dass gerade heute kein Arzt in der Nähe! Ich meine, wenn ich gebissen werde. Ob man daran stirbt, am Gift in der Blutbahn? Sogar beim Taubenfüttern ist einmal einer gestorben, der war seiner Zeit weit voraus. *Du wirst höchstens gestochen! Wespen beißen nicht.* Ihre rechte Hand führt sie kurz über die Kehle, ich verstehe, jetzt muss ich wohl. Draußen startet ein Motor, könnte auch ein Rasenmäher sein, um diese Zeit? Schnell dann, zur Tat, schnipp schnapp. Das Nest landet in der kleinen Waschküche, wo wir es auskochen, sicher ist sicher. Um zehn ist endlich Ruhe. Mein Hals juckt seitdem, war die Sache vielleicht doch nicht wert.

Mona Moore ist neu bei uns, in Ausbildung. *Schau der auf die Finger,* einer Neuen kann man nicht trauen. *Das mit deinem Bein tut mir leid.* Ich kann selber nicht glauben, was ich da sage. Es ist schon wahr, ich bin nicht gerade gesprächig. Sie errötet ein wenig, während ich eine Salbe aus dem Schwesternkittel, *darf ich?* Sie nickt, ich schiebe vorsichtig ihre Tracht nach oben, da sie als Ganzes etwas angeschwollen. Erste Hilfe, prompt und zuverlässig. *Sag mir die Wahrheit, hast du schon einmal jemanden wirklich geliebt?* Das kommt völlig ungeniert über ihre Lippen. Eine Frau kann doch nicht ernsthaft, einem Mann wie mir. Ich meine, es gibt Samurais, die sich ihr ganzes Leben auf einen solchen Augenblick vorbereiten, bevor sie explodieren. Wenn ich das gewusst hätte.

Im Übrigen, wie alles kam und wozu es gut ist: Mr. Spock schlich durch die Tür, mit einer Dame im Anschlag: *Das ist Mona Moore.* Wenn er spricht, ich komme mir vor wie auf einem anderen Stern. *Nimm doch!* Ich rieb meine Augen. Nicht dass ich tagsüber jemals wo eingeschlafen wäre, das hätte ich sicher bemerkt, macht sich auch nicht gut in meinem Lebenslauf. *Wie bist du an diesen alten Knacker geraten?* Mona kennt kein Pardon. Das gleiche könnte ich sie fragen. *Wie heißt du eigentlich?* Was heißt hier *du* und *eigentlich*! *Lois Lane! Wenn du schon fragst. Du bist also die Neue?* Sie lächelte mir zu, eine Nacht in Asien, mit ganz vielen Sternen. Ich wollte mehr wissen, bin gar nicht sicher, ob sie hier richtig ist. Aber ich passe ja auch nirgendwo. *Bist du gerne Krankenschwester?* Überleg doch! Mona Moore hat bestimmt keine weiße Weste, also ist sie prädestiniert für den Job. *Lass es mich so ausdrücken …* Mona, ein echter Meilenstein, wenn sie so ansetzt. *Ein blow-job ist das halbe Leben. Was denkst du denn? Aber glaubst du im Ernst, das war schon alles?* Sie reicht mir ihre Hand, ein quirliger Händedruck, ich bin sofort überwältigt. Ich meine, von da an sind wir ein Team.

Ich erinnere mich nicht, dass ich jemals mit irgendwem befreundet gewesen wäre. Im Heim, ich meine, es ist schwer genug, auf sich selbst aufzupassen. Wenn man erst jemanden wirklich mag. Es läuft doch immer darauf hinaus, dass man sich selbst und andere in Gefahr bringt.

Am nächsten Tag im Krankenhaus, Mona nimmt kein Blatt vor den Mund. Seit ich sie kenne, bringt sie allerlei zur Sprache. *Wir sind doch nur bessere Nachtwächter.* Also schön, auf jeden Fall unterbezahlt, aber ich glaube, wir sind auch noch gute Gedanken oder solche, die es werden können. Im Gegensatz zu Mona mag Sammy es, wenn ich Geschichten erzähle. Jeden Tag bevor wir zu Bett, den Geruch des anderen aneinander wiederfinden, lese ich ihr vor, aus meinen Büchern, sie kann da gar nicht genug bekommen. *Das Herz der Finsternis* oder *Der gestürzte Engel.* Das hält uns länger wach als eigentlich nötig. Jeden Tag ein kleines Wunder, dass ich einschlafen kann. Seit Sammy da ist, schlafe ich allerdings wie ein Murmeltier. Ob das anhält, ich meine, wenn man die Zeit anhalten könnte an einem beliebigen Punkt seines Lebens, wäre man dann glücklich? Sammy bellt irgendwo im Off. *Deine Geschichten haben prinzipiell kein Happy End.* Daran will ich allerdings gar nicht denken, wie recht sie hat.

Im Heim aß ich keinen Bissen nach Mitternacht, wusch mir den Schwanz täglich unter der Dusche. Oder auch im Waschbecken, wenn ich auf Duschen keine Lust mehr hatte. Ich stellte mich auf die Zehenspitzen, manchmal pinkelte ich auch einfach ins Becken. Ich weiß, das ist nicht die feine Englische. Heute kann ich mir das abschminken, mit meinem Bein, ich hinke und habe dabei lebenslänglich. Mona hat gemeint, *hinken macht sexy*, aber sie wollte mich wohl nur etwas aufmuntern. Der gute Wille zählt. Ich würde glatt jemanden töten für ein paar Kniebeugen, wenn ich nur ein paar Kniebeugen machen könnte. Von mir aus auch Klappmesser, mit angewinkelten Beinen, ohne dass es weh tut, das alleine würde mir genügen. Bitte, in diesem Jahr keine neuen Krisenherde!

Am nächsten Morgen, Kristina und ich haben zur selben Zeit Dienst. Ich staune nicht schlecht, als sie wissen will, ob ich mich gern verkleide? *An einem Abend im Jahr, da schmeißt das Krankenhaus eine Party,* haucht sie. Dass sie mich aus der Reserve locken will, weiß ich schon lange. *Man hat beschlossen, dich einzuladen. Es wird nicht jeder eingeladen, die wenigsten erfahren davon.* Wie ich mich fühle, jetzt? *Hält sich in Grenzen.* Dass ich eine ehrliche Haut bin, hat mir seit jeher geschadet. Sie zischt auch prompt: *Bist du immer so ein Scheißkerl?*

In ihrer Familie war die Kleidung verpönt. *Als ich fünf Jahre alt war, langsam sprechen lernte, kamen meine Eltern nackt aus dem Bad. Erklärten mir, dass wir Nudisten seien. Es gibt keine bessere Schule für anatomische Studien,* gab sie zu. Ihr Vater war ein ruhmreicher Gynäkologe, so richtig mit Forschungsaufträgen. *Jetzt ist er tot. Wie ist das bei dir, erinnerst du dich an die Kinderstube deines Körpers? Kannst ruhig etwas erfinden, wenn es dir peinlich.* Sie sagt das, als wüsste sie ganz genau, was mit mir los ist. Der schon fast übliche Small Talk. *Überleg doch, wir im Krankenhaus verkleiden uns, damit man erkennt, wer wir sind. Nicht weil wir uns vor irgendwem verstecken.* Das klang plausibel, aber genau das machte mich stutzig. Im Heim hatte ich nur einmal ein Faschingskostüm getragen, an einem Dienstag, da wurde getrunken, was das Zeug hielt. *Man sieht mir gar nichts an,* dachte ich noch, sagte: *Erkennt ihr denn nicht, wer ich bin?* Sie wussten gar nichts über mich, oder?

Kristina nahm mich an der Hand, zum ersten Mal berührte sie mich, das war, als würde ich spontan etwas erben. *Du kommst doch zu unserer Feier?* Zwei zu null für die Heimmannschaft. Am betreffenden Abend, im Sezierraum, sie saßen schon da: der Primar, sein Oberarzt, vier Schwestern, ein Internist, zwei Anästhesisten, ein bekannter Herzchirurg, der Urologe, daneben Kristina. Ihre Haut ist weicher als die von anderen Frauen, das sieht man mit bloßem Auge. Sie fingerte etwas nervös an ihren Fühlern herum, die anderen scheinbar unbeholfen in ihren Kostümen: ein Hirschkäfer, vier Hornissen, zwei Heuschrecken, eine Gottesanbeterin, drei Feuerameisen, zuletzt die Libelle. Wohl eine Art Begrüßung.

13.

Auf einmal habe ich dieses Gefühl, als könnte ich gar nicht mehr aufhören.

Ich kann nicht aufhören zu denken, mir vorzustellen, dass ich etwas Bestimmtes sage, aber ganz andere Dinge an die Oberfläche wollen. Das Unterbewusstsein steckt voller Streiche, glaubt, dass es mehr gibt, natürlich alles nur Spekulation. *Could you save me from the darkness?* Morgens war vor Wien ein Flugzeug abgestürzt. Im Anflug auf Schwechat kam wohl ein Engel unter die Räder, direkt vor die Turbine. *Wenn man sich vorstellt, was das für ein Tod.* Die Stewardess servierte gerade gelassen ein paar Drinks, in der ersten Klasse sortierten situierte Herren ihre Terminkalender, ein anzüglicher Witz über die Börsenaufsicht machte die Runde, als der Engel kurzum beschloss nicht auszuweichen. War so einer dieser Tage, nicht gut Kirschenessen mit dem Miststück. Wenn man mit dem Auto je über einen Hasen, weiß man, wie sich das anfühlt. Was man wohl so denkt im allerletzten Moment? *Das Weiße in den Augen von Piloten, wenn du das siehst, dann schieß, was das Zeug hält.*

Alle zweihundertachtunddreißig Passagiere kamen ums Leben, sieben Kinder, achtundneunzig Frauen, ein sturer Engel. Schon am frühen Morgen lag eine beißende Rauchwolke über der Stadt. Eigentlich unüblich für die vorherrschenden Windverhältnisse in Wien, für gewöhnlich bläst es aus Westen. In den

Nachrichten hieß es, zweihundertsiebenunddreißig Personen seien vom Himmel gefallen, keinerlei Anzeichen für ein menschliches Versagen. Die lügen doch wie gedruckt, die freie Presse. An Engel glaubt allerdings auch keiner. Gegen Mittag kam endlich Wind auf. Schon eine halbe Stunde später war dem Himmel nichts mehr anzusehen.

Alles, was Flügel hat, fliegt. Dass ich nicht lache.

Ich erinnere mich, einmal vor dem Heim fiel ein Meteor vom Himmel. Ich saß auf einem Hügel hinter dem Geräteschuppen. Die Erdanziehung ist vielleicht an allem schuld, dass ich allein bin und immer noch da. Der Meteor rammte unterdessen die Erde zwischen meinen Füßen. Als ich ihn ausgrub, war er immer noch warm, völlig unberührt. Die ersten Tritte im Sternenstaub. Wenn man sich's recht überlegt, fehlten mir damals achtzehn Zentimeter zum Tod. Fast von einer Sternschnuppe der Schädel eingeschlagen, das darf doch gar nicht wahr sein.

Später meint Kristina, *dem Tod fehlt jegliche Präzision.* Sagt auch noch, *es mangelt ihm an Motivation, an Ausdauer. Der Tod ist wie der Punkt am Ende eines Satzes, nur nicht ganz so wichtig.* Das hätte ich ihr gar nicht zugetraut. Sie sprach neuerdings viel, als hätte jemand die Handbremse gelöst, die Bremsschläuche durchgeschnitten. Der kürzeste Weg ist seit jeher jener der Schwerkraft. *Wenn Engel fallen, dann tun sie das wie Falken im Windkanal. Sie machen Speerspitzen aus sich.* Kristina kommt zu dem Punkt, wo sie laut *Scheiße* sagt. *Hörst du mir überhaupt zu?*

Ich glaube, ich bin kein guter Zuhörer. Selten genug, dass ich mich auf eine Sache wirklich konzentrieren kann. Mit einem Mal unterhalten wir uns über Befindlichkeiten, ob mir die Party gefallen habe, ob ich mich wohl fühle, worauf will sie hinaus? Der Primar hatte am nächsten Tag zwei Goldfische eingekauft, zum Katerfrühstück, standen von da an auf seinem Schreibtisch. *Das tat er noch nie,* sagt Kristina, *dass er freiwillig Tiere im Büro.* Fehlt noch, dass jemand behauptet, mein oranger Pulli sei an allem schuld gewesen. *Du hast ihnen gefallen. Sie haben gefragt, ob du wieder kommst. Man fühlt sich lebendig in deiner Nähe. Dein Stoffwechsel, daraus könnte man Teppiche knüpfen. Es ist ein Wunder, Moleküle für eine derart komplexe Form, wie du es bist, zu begeistern.*

Stoffwechsel, der chemische Umsetzung eines durchdachten Plans, intelligentes Design, flüchtige Anstrengung, vorübergehende Begeisterung für die Nachbildung eines echten Tieres, philosophische Lehre, die im Glück des Einzelnen die Sinnerfüllung menschlichen Daseins sieht.

Manchmal kann ich hören, was sie denken, will das gar nicht. Wenn ich mir ganz schnell wünsche, dass es aufhört?

Warum sagten sie Lois zu dir? Sie lässt nicht locker. In ihrer Mittagspause, wenn Kristina das Essen nicht schmeckt, entwickelt sie einen ausgesprochenen Hang zum Sadismus. Ich erzähl's ihr, war schmächtig als Kind, kein Fleisch auf den Rippen, aber immer noch recht fix. Sie sagten, *wenn du die passende Statur hättest, du wärst wie Superman.* Wenn ich nur nicht so dünn wäre. *Wir nennen dich Lois. Lois Lane.* Supermans Freundin. *Na toll!* Kristina lacht. *Eine nette Geschichte. Willst du eine rauchen?* Wusste gar nicht, dass sie das darf.

Zugegeben, meine Beine sind heute nicht mehr ganz top. Im Heim konnte ich noch jedes Bein in die Hand nehmen, wenn ich lief, aber meine Hände können selbst heute noch zaubern. Ich fasste Kristina hinter ihr Ohr, *glaube, du hast da etwas. Eine Zigarette, schon sonderbar, dein Ohrschmuck. Wenn ich jetzt einen Käfer aus deiner Nase ziehe, hältst du mich dann für verrückt?* Irgendwo auf der Welt blitzte es, die verlangsamten Blitze kamen als Bäume zur Welt, das war bestimmt auch ein Wunder. *Wie hast du das gemacht? Mit deinen Händen, du wärst ein guter Chirurg geworden.* Sie rauchte die Zigarette, die es nicht wirklich gab. So schnell konnte ich sein, ein Philosoph und Trickbetrüger. Heiratsschwindler!

Im Heim hatten wir Kakerlaken gefangen, mit bloßer Hand. Ich wollte mir nichts überstülpen, keinen Gummi, nichts, da verliert man das Feingefühl. Wenn es um Bruchteile von Sekunden, ich meine, wenn schon etwas Spaß macht, warum dann mit Gummi? Nach einer halben Stunde schon ein ganzes Glas voll. *Schnell sein ist ja schön und gut, aber wenn man nichts dabei fühlt, was nützt das?* Weisheiten, die einem so durch den Kopf schießen, auf der Toilette. Ich konnte sogar Fliegen im Flug zerquetschen, das sah man doch sonst nur im Film. Ganze Fliegenschwärme, so mir nichts, dir nichts aus der Luft zu pflücken, wer hätte mir das zugetraut?

Was tust du noch gern? Ich überlegte nicht lange. *Früher mochte ich Mädchen.*

Wenn einer schon talentiert ist, dann muss immer gleich wer daherkommen, der etwas daraus macht.

14.

Nimm deine Hände ganz vorsichtig aus meinen Hosentaschen. Keine allzu schnellen Bewegungen, Freundchen! Mona ist schon die zweite Woche ziemlich ungeduldig, hat die Haarspange mehrmals abgesetzt, um sie dann doch wieder in ihre Steckfrisur zu bugsieren. Ihr Hals seltsam angewinkelt, als wollte sie sich gegen Angriffe von oben schützen. Von oben alles Gute, wenn das keine Mär! *Ich habe von dir geträumt,* erzählt sie mir verhalten. Will mich die für dumm verkaufen? *Schätzchen, ich bin nicht so eine.*

Medusa wollte angeblich auch nichts Böses. Wenn sie bloß Steine nicht so gemocht! Weißen Marmor, grauen Granit, dem Gneis auf den Hund gekommen. Dass Steine auch so gut in der Hand liegen müssen. Heute unterrichtet sie an einer Hochschule in Boston, alles in allem ein Leben in geregelten Verhältnissen, amerikanisch eben. Manchmal gibt sie noch Interviews in Sachen Bildhauerei, wenn es einer ganz genau wissen will. Unweit von Boston nahe einem Steinbruch liegt ihr berühmter Skulpturenpark: *Med u.s.a.* Besucher sollen dort schon verschwunden sein, husch husch. Die Geologen meinen, es liegt an den Erdspalten, der Unachtsamkeit, vielleicht Ignoranz.

Ignoranz, die zur Schau getragene Unkenntnis eines Betroffenen, der es besser wissen müsste, höheres Streben nach Macht, auf eine Person ausgerichtete reflexive Handlung, ein zumeist geflügeltes kleines Tier, dessen Körper deutlich in Kopf und Unterleib gegliedert.

Do not cross the line. Wer hält sich da noch dran? Die Insekten sofort zur Stelle, einen Körper zu kolonisieren, das ist für die wie Weihnachten. Manche Fliegen riechen angeblich den Tod, noch bevor er eintritt. Das ist wie mit Hunden und Krebs. *Wirst du herkommen? Sammy sofort!* Nicht einmal mein Hund hört auf mich, schert sich einen Dreck um Absperrungen. Sammy ist ein richtiger Wirbelwind zwischen den Hosenbeinen. Nur einmal in unserem Leben waren wir gemeinsam verreist, nach Amerika. Beim Kiosk ein Los gekauft, flugs gewonnen, *eine Destination Ihrer Wahl, mein Herr.* Ich hatte gar nicht lange gefackelt, auf und davon, zwei ganze Wochen mit Sammy, dem besten Freund des Menschen. Im Krankenhaus sagten sie *Glückspilz.*

An einem Sonntag fuhren wir zum Flughafen, Sammy in einer hübschen Transportbox, *zu deinem Besten ist das.* Manchmal mangelte es Sammy an Selbstbewusstsein. Ich meine, man kann bei einem Hund nie sagen, ob er aus Angst oder Überzeugung wo hingepisst hat. Im Zickzack über den Atlantik. Wir flogen, ohne uns umzudrehen. Das Meer in uns, darüber Sturmvögel, die Überflieger, bis zu einer Höhe von siebentausend Fuß zucken die mit keiner Wimper. *Business as usual,* von denen kann man noch gehörig was lernen. Schließlich waren wir mitten in einer amerikanischen Großstadt gelandet. An ihrem Kopfende eine dicke Staubschicht, Watte oder ganz feine Blumenerde? Das ist Boston.

Sammy biss beim Zoll versehentlich einem Walt Whitman ins Hosenbein. War auch viel zu groß, die Hose, wer kommt da nicht auf dumme Gedanken.

Ich meine, im Heim galt eine zu große Hose als total uncool. Egal. Unsere Einreise wurde dadurch erheblich verzögert, kein Einsehen. Zu allem Überdruss fing es zu regnen an. Es regnete zehn Tage ununterbrochen, und wir waren doch nur zwei Wochen hier. Im Heim saßen wir einmal drei Tage lang auf unseren Zimmern, weil es draußen stürmte. Wir sahen den Schneeflocken zu, wie sie umherpfiffen, kleine stumpfe Messer, die beim Aufprall besonders weh taten. Ein andermal habe ich in Arlberg im Regen ganze sieben Stunden lang auf einen Bus gewartet, das darf man sich später nicht vorwerfen, das geht nicht mehr ab. Vielleicht war mein Vater nur ein dummer Busfahrer mit Verspätung. Oder Steinmetz. Meine Mutter Bildhauerin. Das würde einiges erklären. Dass ich Steine so gern mag.

Vor sechstausend Jahren hat irgendwer mit Hilfe von Steinen Feuer gemacht, sie zu Speerspitzen verarbeitet, daraus Häuser gebaut, sie gemahlen, industrialisiert, um Hälse gehängt, um Beine auch. *Steinigen wäre ein verdammt schöner Tod, wenn es nicht so verflucht weh täte.* Ich erinnere mich, im Heim sammelten wir gerne Steine, versteckten uns hinter Büschen neben einer Landstraße und schossen auf alles, was des Weges kam. Touristen und Bauerntrampel.

Hast du Feuer? Wenn etwas passiert, dann aber gleich aus heiterem Himmel. Ich meine, mich hat schon lange niemand mehr gefragt. Sie jedenfalls saß am Bordstein mitten in Boston, unter Heckenrosen, die Schultern vornübergebeugt, malte sie mit einem Stück roter Kreide zwei Kreise. *Das hier,* sie deutete auf den ersten, *bist du.* Einem wie mir gelingt es einfach nicht durchzuatmen. *Magst du Heuschrecken?*, in Boston angeblich der letzte Schrei. Griff in eine der vor ihr lümmelnden Tüten, knusprig wie Pommes, mit viel Eiweiß und Spurenelementen. *Wenn ein Monster kommt, iss es, einfach einsaugen, mit dem Staubsauger. Mund auf, Augen zu. Das machen alle so, sie sprechen nur nicht darüber.* Die erste Amerikanerin, die mir so einfach vor die Füße, wusste demnach Bescheid. Alles war *business,* mein Hund, *fuck,* so einen hätte sie noch nie gesehen. *Das ist doch gar kein richtiger Doggy, nicht?* Die erste Amerikanerin ist immer etwas Besonderes.

Es gibt keine Monster. Ich meine, es gibt Amerika, das ist so ein Land, wo man spürt, dass es gar nicht richtig da ist. Dann sagte sie nichts mehr. Ob sie überhaupt weiß, dass sie mit einem solchen Satz Geschichte macht? Der erste Schnee in Boston, der fiel natürlich im November.

Ich erinnere mich, im Heim wuschen wir uns manchmal die Hände mit Schnee, immer vor dem Essen, wenn die Wasserleitung zugefroren war. Danach krochen wir auf unsere Zimmer, schläfrige Geckos mit verlangsamtem Stoffwechsel. Wie das eben so ist, wenn man ohne Wärme groß wird, ein Kind mit Reptilienaugen. Einmal haben sie mir sogar die Wange aufgeschnitten, nur um zu sehen, was dahinter verborgen. Zuvor: Ich lief mich irgendwo fest, zwei hielten mich und der Dritte tobte sich aus nach Herzenslust. *Lasst mich los, bitte!* Ein Gecko hätte vermutlich den Schwanz abgeworfen. Daraufhin den nächstbesten

Aschenbecher voll ins Gesicht, ich meine, wenn man blöd schreit, ist es unumgänglich. Später dachte ich, nach reiflicher Überlegung, ich wollte dem gar nicht ausweichen. Oder als sie mir so zum Spaß die Finger brachen, *war wohl ein Holunderzweig,* sie lachten.

In der Hotellobby, sie fragen mich gleich nach dem Frühstück, ob ich an ihrem Joint ziehen will. Sammy wird mir später eine richtige Szene machen. *Das hat damit zu tun, dass du nie jemanden wirklich geliebt hast, Lois.* Das hat es nicht leichter gemacht. Ich meine, wenn ich so darüber nachdenke, war Lois Lane eigentlich eine toughe Frau. Die konnte knallhart zur Sache kommen, ein investigatives Miststück mit super Rückendeckung. Wenn das keine gelungene Symbiose, dann weiß ich nicht. Es ist evident, Jerry Siegel und Joe Shuster schufen Superman ursprünglich aus Stahl. Ich meine, wenn einer die Welt retten kann, dann der mit seinen Kräften. Für ganze hundertdreißig Dollar verkauft, Jerry und Joe traten darüber hinaus ihre Rechte ab. Kein guter Deal. Egal.

Im Hotelzimmer hörten Sammy und ich alte Schallplatten, ganz billig zu haben in Amerika, in der Mitte ein Durchschuss im Vinyl. *Ist dir jemals aufgefallen, dass eine Platte nie endet. Ein guter Tonarm bleibt einfach liegen, die alte Mechanik, der Pulsschlag, bumm bumm. Ich glaube, auf Platten hört man noch sein Herz schlagen, weißt du?* Sammy Schlappohr, das stand ihr richtig gut. Wie ich aber darauf komme, will sie wissen. *Das ist, als ob einem niemand mehr das Herz stehlen kann, weil es gepresst ist. Auf Platte, für immer, das macht einiges wett.* Im Grunde muss man in seinem Leben nur reichlich

Schallplatten ankaufen, das ersetzt jeden Herzschrittmacher. Ich weiß, wovon ich rede.

Analogie, die Entsprechung, die sich in einem bestimmten Verhältniss zum Ganzen erfassen lässt, Gleichstellung, vielleicht Erlass oder Milderung einer Strafe, kleiner, oft als Anhänger getragener Gegenstand, der Unheil abwenden soll, vom Wasser fein geschliffener Anthrazit.

Ich erinnere mich an den Regen in Boston, dass wir keinen Regenschirm hatten. Wenn wir das Haus verließen, blieb das Licht an. In Amerika weiß man nie, was einen zu später Stunde erwartet. In Wien hatte ich einmal meinen Schlüssel verloren, ich stand vor der Wohnungstür, spürte wie Sammy ganz verrückt auf der anderen Seite. Vis-à-vis Kristinas Tür einen Spaltbreit offen, *du kannst bei mir warten, bis der Schlüsseldienst kommt, einen Tee trinken oder Wein. Dafür bist du doch zu haben?*

Schon Jahre ist es her, dass ich in einer fremden Wohnung, ein Fehltritt nach dem anderen. Wenn man sich seinen Weg durch unbekanntes Terrain bahnt, ist das normal, das Unbehagen. Sie lebt in drei Zimmern, ein Foto zeigt sie auf ihrem ersten Fahrrad, das erste Skalpell ein weiteres Bild, mit einem zweiten, ein drittes, das sie in ein Stück Kuhhaut rammt. *Es war die Zeit meiner Selbstporträts.* Das geht immer so weiter, Serienbilder glanzloser Augen, amputierter Glieder. Sie sammelt alles, was irgendwie tot ist. *Wir sollten das öfters machen, einen miteinander trinken!* Draußen wurde unterdessen meine Türe aufgestemmt. Die Männer im Overall hatten es eilig, der Feierabend in

Wien ist allen heilig. Als Kind hatte ich mir immer einen Balkon gewünscht. Wenn ich erst irgendwo allein wohne, meine erste Wohnung beziehe, die muss große Fenster haben, eine Veranda und Notausgänge und Sicherheitsschlösser. Mindestens!

Hast du schon einmal darüber nachgedacht, wie das so ist mit den Leichen im Keller? Ich sitze und warte, Kristina, sie kann einfach nicht abschalten, ist immer im Dienst, dabei sind Dermatologen angeblich völlig unkompliziert. Aber Pathologen, ich würde staunen. Eine ihrer Studienkolleginnen nannte sich Nemesis, *natürlich ist das pubertär. Kristina, ich muss dann jetzt.* Sie bringt mich bis vor die Tür, zeigt schnell noch im Vorraum die Zimmerpflanze, ist stolz darauf. Die wächst in die Breite, aber das tun Geschwüre auch. Freies Geleit, *bis morgen dann!*

In Boston habe ich oft darüber nachgedacht, wie es so steht um mich, wie es war, als ich zum ersten Mal beim Zahnarzt gesessen bin. Ein professionelles Lächeln hat er mir geschenkt, war trotzdem nur ein Kassendoktor. Als ich zum ersten Mal ins Schwimmbad ging, *wie dünn du nicht bist, Mädchen.* Ich konnte unbesorgt oben ohne gehen. Ich meine, wenn man so dünn ist wie ich, macht es keinen Unterschied, was man trägt. Oder nicht. Wie ich diese Tage gehasst habe, den Sommer, den Mai, als die ersten Bäder aufgesperrt haben. Von da an Maikäfer töten, bis endlich der Winter kommt. Im Heim waren zu Weihnachten praktische Geschenke gefragt, Wollmützen und Decken. Eine Zeitlang wünschte sich jeder, der auf sich hielt, eine Baseballmütze. Auf meiner war die

Freiheitsstatue zu sehen, mit ganz klobigen Pranken. Alle wollten damals nach Amerika, sprachen jeden Tag davon, ein Land voller Freiheiten in einer besseren Welt. Ich las damals gern Jack Londons *Abenteurer des Schienenstranges*, immer und immer wieder wollten sie hören, wie das Leben so ist als Tramper. Sie baten mich vorzulesen stundenlang, wenn ich schon lesen kann. Ich war einer der wenigen, der Bücher mit einer Hand halten konnte. Wie satt ich es hatte, dieses Leben unter Analphabeten. *Gib bloß nicht so an, Lois. So wichtig bist du nicht!*

Ich erinnere mich, in Boston kamen alle Züge am Kopfbahnhof an, gleich dahinter das Hurenviertel. Dort standen sie wie in Stein gehauen im Regen, mit nassen Haaren, ein Beruf voller Widersprüche. Ich schlich durch die Nacht, hatte grad noch zehn Dollar, aber eigentlich wollte ich Sightseeing. In Arlberg gab es gar keine Huren, jedenfalls nicht so richtig. Es hieß, dass es die Töchter der Bauern mit jedem treiben. *Wenn man so einer ein deutliches Zeichen, die bläst völlig uneigennützig. Gleich unter dem Tisch nimmt sie den Mund voll.* Manche im Heim beschworen dies. Ich erinnere mich, dass es in Arlberg eine viel zu große Kirche gab. Die wurde nie ganz voll.

Wie man's nimmt, zwei Wochen Boston sind bei weitem genug. Wir flogen ab, das Höhenruder nach dem Start etwas verklemmt, aber diesmal ließ der Engel locker. Die Landung in Wien völlig unspektakulär, nicht einmal ein Orangensaft verschüttet. Dann lief ich mit Sammy ganz schnell ins nächstbeste Kaffeehaus, noch am Flughafen, zur Toilette, wieder raus, zu Tisch, Melange mit Schlag, kühles Quellwasser. Wenn es auch seltsam klingt, ich habe ein Zuhause. Amerika schon zerronnen. Nur Sammy schaut noch sentimental.

Wenn ich an sie denke, die Stadt, dann wird es ganz laut in mir drin! Manchmal verstehe ich überhaupt nur ganz wenig, kein Wort von dem, was sie sagt.

15.

Gestern, was war gestern noch? Habe eine angeborene Schwäche für Retrospektiven. Glaube auch nicht, dass ich mich dafür schämen muss.

Wenn du sterben willst, dann bleib einfach sitzen, bis wir auf dem Asphalt aufschlagen. Das Rollfeld kam näher, das kann einen schon nervös machen. In vielen Filmen wartet dort der Tod, nach dem Start, bei der Landung. Man kann die Köpfe der Arbeiter erkennen, die frisierten Mittelscheitel, den Zigarettenrauch ablesen von ihren Lippen, so nah ist man dran. Ob Sammy überhaupt weiß, dass das Gras neben der Landebahn grün ist, weil die Zellen Chlorophyl enthalten? *Stewardess, wie lange dauert das noch? Etwa zehn Minuten, in zehn Minuten sind wir unten.* Von einer freundlichen Stimme, ich meine, einer freundlichen Stimme glaubt man doch aufs Wort, dass der Tod gar nicht so schlimm ist. Aber wir landen, und Amerika ist dann endgültig nur noch Geschichte.

Kristina hatte unterdessen ihren Wagen in eine kleine Lücke am Flughafen gezwängt. Sie wird nie abgeschleppt. Mir fällt ungut auf, dass bei ihr Polizisten immer beide Augen zudrücken. *Mit Augen ist das so, Lois, die sind ganz schnell aufgeschnitten, quellen aus den Höhlen, das kann praktisch jedes Kind.* Wenn Kristina von etwas eine Ahnung hat, dann hiervon. Sie fuhr nach der Arbeit los, zum Flughafen, dort hat sie ein paar Stunden auf mich gewartet, *woher wusstest du?* Ich bin mehr als nur erstaunt, sogar etwas fassungslos, als sie meint, einfach nur geraten zu haben, wie lange ich es drüben aushalte. Sie kennt Amerika noch von früher, New York und Chicago. Ihre Eltern waren früher große Fans dieser Städtereisen, der Vater in Shorts, die Mutter im Hosenanzug, mit Hut und Perlenkette. Erinnerungen sind ein Blick in den Rückspiegel.

Wir fahren Richtung Wien, an Schwechat vorbei. Über den konischen Türmen der Raffinerie hängt ein Geruch, wenn man erst mal so aus dem Mund riecht, dann Mahlzeit. *Wie war dein Flug?* Ich habe sogar kurz das Gefühl, dass es mit Kristina funktioniert. Sammy poltert im Kofferraum, bestimmt ist ihr schlecht. Bei Kristinas Kurvenlage kein Wunder. Sie bremst scharf, links huschen die Bäume durchs Bild, an uns vorbei. Ob ich Lust hätte, sie zu umarmen? Ich verstand mich wohl darauf, einer Frau den Kopf zu verdrehen. Egal wen ich wo getroffen habe, irgendwann fängt es an, das Fragen. Dabei kenne ich keinen Menschen so richtig, weiß nie, ob er mich überhaupt etwas angeht. Wenn ich ehrlich sein soll, man hat es doch gar nicht mehr nötig, Antworten zu finden. Also halte ich meinen Mund, während sie langsam beschleunigt. Innerlich bin ich in diesem Moment ein ganzes Stück gewachsen.

Frühaufsteher sind in Amerika laut Statistik Organspender aus Überzeugung. Ich sage plötzlich, was mir einfällt. Ich glaube, normale Menschen machen das ganz ähnlich, die haben doch nie einen Plan. Im Heim wollte ich schon sehr früh eine Niere spenden, *du bist noch viel zu jung für solche Entscheidungen.* Aber wann ist man alt genug? Eine Niere weniger, zweihundert Gramm summa summarum, das schafft mehr Raum innen drin. Ich meine, wer will schon feist gefüllt sein, sich für den Rückweg aufsparen, wenn ein Rückweg gar nicht vorgesehen ist. *Irgendwann lasse ich mir auch noch den Arm abnehmen, bis zum Ellbogen,* das glaube ich wirklich. Bin so einer, der was übrig hat für Konsequenzen. Als ich es mir genauer ausmale, kommen aber die ersten Bedenken, *was wenn jemand nach dem Weg fragt? Sie müssen da lang* … Die Geste würde mir fehlen, bestimmt. Warum ist es immer so verdammt schwer, sich für etwas zu entscheiden, sogar im Kaufhauskatalog?

Als wir zu Hause sind, Kristina uns absetzt, klemmt Sammy ihren Kopf zwischen die Hinterbeine. Was gäbe ich drum! Von hinten wirkt sie ganz rund, nur die Wirbelsäule ragt hervor, nicht hoch, halb so wild, wie das Uralgebirge. *Hier will ich leben!* Dabei tippe ich auf eine bestimmte Stelle auf ihrem Rücken. Sammy bellt auf, natürlich zu Recht. Alles wäre besser, als jetzt den Mund zu halten. Im Heim hieß es immer, die ganz besonders Stillen, die sind die Wildesten im Schritt. Oder auch: Stille Pisser sind tief.

Im Krankenhaus, am nächsten Morgen läuft meine Schicht an. Ein berühmter Hirnchirurg heute zu Gast, *von dem können alle was lernen,* hieß es in einem Rundschreiben. *Wirst sehen,* sagt Kristina, *der ist eine echte Koriphäe.* Als ich mir vorstelle, dass der einem mit einem einzigen gezielten Schnitt alle Erinnerung nimmt, wie unendlich leicht müsste das Leben dann sein. Ob man dann endlich frei?

Ich erinnere mich, ein kleines Mädchen in einem Heim, das wollte ein Junge sein, gemein gemein.

Funktion, die Aufgabe in einem größeren, nicht absehbaren Ganzen, in Folge erlittenen Unglücks bestehender Unterschied zwischen Mann und Frau, bunt bemalte Attrappe mit ausgeklügelter Mechanik, Nussknacker mit Nuss im Mund.

Ich erinnere mich an früher, als mir das Herz gern dazwischen kam, lang ist es her. Neuerdings funktioniere ich wie geschmiert. Mich schreckt gar nichts mehr. Manchmal bin ich vielleicht noch etwas wankelmütig, das könnte mich den Kopf kosten, schon möglich. Ob man mich grundsätzlich als nachlässig bezeichnen könnte, das wohl nicht. Im Krankenhaus sprechen sie von Amerika, als wäre das ein Land voller Träume. Wenn ein Mensch irgendwo seinen Dämonen entkommt, dann in Amerika. In Amerika passiert gar nichts ohne Grund, dort verdient man es wirklich. Mona schaut mich an, etwas gelangweilt, wer will es ihr verübeln, hatte schon Besseres auf Lager. Ich meine, es ist wahr, Frauen gehen mit dem ins Bett, der die schönsten Geschichten zu erzählen weiß. Wenn das nicht mehr gilt, gibt es überhaupt keine Regeln mehr. *Jetzt erzähl schon, wie es war, drüben in Boston.* Sie deutet über den Gang Richtung Besenkammer. Dort liegt also ihrer Meinung nach Amerika, sie war schon immer viel zu leichtgläubig. Was ich gegessen habe? Hühnchen ohne irgendwas, *grilled chicken wings grenzen an Zynismus, findest du nicht?* Mona hat in der Tat ein Faible für glückliche Hühner, das hat sie von ihrem Vater. *Erinnerst du dich, als da-*

mals die Vogelgrippe zu uns kam? Die haben ratz fatz alles kahl gemacht, die ganze Hühnerfarm meines Vaters, nur auf bloßen Verdacht hin. In Wien gibt es einen Laden, *Hühnerparadies* nennt sich der, da stecken sie also ihre Hühnchen weg gegen Bares.

Hast du ihren Mann gesehen? Während der Besuchszeit hat der schon an ihr rumgefingert, das nennt sich erste Klasse. Mona und Lois, vertraute Gespräche unter Stationsschwestern. Wenn man uns aber ein bisschen besser kennt, ist alles halb so wild.

Wenn ich erst groß bin, in dreißig Jahren, *werde ich Miss Piggy heiraten.* Darüber waren sie im Heim richtig sprachlos. Dass man dort Schweine für blöd hielt, war klar. Aber dass das jemand in Frage stellt? *Warum zum Teufel kannst du etwas nicht ganz normal erzählen, Lois, wie jeder andere auch. Damit man folgen kann?* Es fiel mir immer leicht, andere gegen mich aufzubringen. Ich musste da nie weit ausholen. Warum gab man mir auch das Gefühl, alles sei nur ein Spiel? Da braucht man sich doch gar nicht wundern, dass einer wie ich nichts mehr ernst nimmt.

Irgendwann im vorigen Jahrhundert hat man das Klopapier erfunden, aber noch wichtiger war die Erfindung des heißen Wassers, das hat alle windelweich gemacht. Am wichtigsten jedoch das Feuer, die Grundlage von überhaupt allem, das musste man einfach lieben. Das Feuer hielt man viel zu leicht für einen Menschen. Im Heim hatten wir bis weit ins zwanzigste Jahrhundert gar kein richtiges Klopapier. Wir benutzten Weidenstöcke, an denen wir unsere After rieben. Ich meine, die alten Römer taten das schließlich auch, und die waren das Imperium schlechthin.

Ein Kinoausflug, jeden ersten Samstag im Monat mit der Heimleitung, wir fuhren ins nächste Dorf, die letzten Cineasten in einer Gegend voller Bauern und Mäuse. Wir lachten noch darüber, dass uns die Bäuche schmerzten. Später im Film, dort starb nicht mal wer, die gingen miteinander essen oder schlafen. *Das ist ein Streifen mit Anspruch,* erfuhren wir. Wer bitte will diesen Scheiß sehen?

Also Lois, das hier ist eine Rohrbombe. Wenn du hier und hier die Leitungen verbindest, dann aber. Mona schaut mich an, etwas streng, hätte aber eigentlich ein ganz nettes Bond-Girl abgegeben. *Träumst du schon wieder?* Sie sagt mir schon seit Jahren, ich soll die Vergangenheit ruhen lassen. Wenn sie am Ende recht hat? Sie hat ein Paket in der Post gefunden, an den Primar adressiert, *das nenne ich Restrisiko.* Viel mehr ist eigentlich nicht zu sagen, das Paket wirkt verdächtig, *dem Judenschwein* steht dort vermerkt. Der Primar ist Jude, nahm den Brieföffner zur Hand. Bumm!

Choreographie, die Idee, eine Person durch die Luft zu wirbeln, konzeptuelle Unterwerfung eines Raumes, mit Tonspuren versetzte Geschichte über das Leben und Sterben eines Taugenichts, an deren Ende der Tod mit Applaus.

Die Goldfische des Primars, natürlich waren die schon vorher aus seinem Büro verschwunden. Wie fühlten sich die eigentlich? Gestorben? Und wofür?

16.

Es gab keine Monster in Amerika, nicht in Europa, nirgendwo. Lang her war das alles. Sammy und ich gingen spazieren im Wald, sie lief vor, ich leicht verärgert. Tage zuvor hatte Kristina zu mir gesagt, sie wüsste alles, *alles von dir und Sammy!* Ich habe so getan, als würden wir einander nicht kennen.

Der Wald wurde lichter, immer tiefer gingen wir, die Silhouetten der Bäume, *Sammy, ist das Transparentpapier?* Das Grün der Fichten, das Braun der Stämme, ganz fern die blaue Donau. Ich fühlte mich wie zu Hause. Im Wald arbeiten Männer, vom Regen ausgedünnt, sägen, überall Baumschlag, bis das Holz aufspritzt, ihre Haut von Schiefern durchzogen. Die Bäume fallen schließlich mit einer Lust, die einen erschaudern lässt. Was es bedeuten mag, aus Holz zu sein, aus Stein oder etwas Ähnlichem?

Mein Herz aus Stein. Es gehörte mir. Mir allein.

Dein Herz ist aus Stein, sagte Kristina, als sie kehrtmachte, die Treppe hinablief. Gestern in ihrem Doktorkittel.

Ich erinnere mich, im Heim, als die alte Pappel fiel, es war windstill, nichts regte sich, als die Äxte dem müden Baum den Rest gaben. Sie fertigten Spanplatten aus ihm, unsere Schulbänke und ein nettes Lagerfeuer. Uns wurde geraten, Orangensaft zu trinken, jeden Tag Konzentrat, das fördert angeblich die Durchblutung des Immunsystems. Die richtige Tagesdosis Vitamine sorgt dafür, dass sich ein junger Mensch gut entwickelt. Ich meine, wir mussten jeden Gedanken in ein Heftchen notieren, *entfaltet euch, dann seid ihr gewappnet,* aber so viele Gedanken gibt es gar nicht.

Wenn ich doch ein Herz aus Holz hätte, ich könnte wenigstens Feuer fangen. Ein Herz aus Stein aber, das ist schlimmer, als hätte man gar keines. Damit kann man anderen den Schädel einschlagen, den Weg ins Krankenhaus ebnen. Sie wollen in manchen Häusern angeblich Hirntraumata nicht einmal mehr röntgen. Aus Kostengründen.

In einem Buch über die Steinzeit habe ich gelesen, dass die Menschen Steine gesammelt haben, zum Überleben, dass sich dafür niemand zu schämen brauchte. Die hatten da einen Hang für. Im Gebirge. An Flussläufen. Die runden Kiesel der Donau sind mir die allerliebsten. Die kann man in eine Schleuder spannen, man braucht nur noch zu zielen …

Heute stirbt niemand, nicht an diesem Tag, Lois! Superman gähnte. Ich dachte noch, bei dem Elan, ein Glück, ein Wunder, dass der Welt so wenig passiert. *Wenn du die Augen offen hältst, kann doch gar nichts passieren. Das wäre doch, als ob dich Kannibalen fressen, die gar keinen Hunger haben. Jetzt sieh doch, ihre prallen Bäuche, kein Grund, panisch zu werden.* Er ballte die Faust. Ich meine, das rote Cape, man kann sagen, was man will, aber ihm steht das irgendwie. *Wenn du zuschlägst, dann munter auf die Zähne, die können einem sonst weh tun.* Dabei hat er doch wirklich von niemandem was zu befürchten, nicht die kleinste Narbe irgendwo. Dass er sich überhaupt gern prügelt. Superman. In erster Linie Amerikaner.

Unlängst sah ich einen, der hat ein Reh getötet, als es kam, gefüttert zu werden. Später sagte dann jemand, *es war völlig zahm.* Von wegen alles im Griff, *wo warst du da, großer Mann, hä?*

Wenn man durch einen Wald geht, unter Bäumen, die seltsamsten Gedanken kommen auf einen zu. Wie Echos von früher. Das Gelände steigt an, der Berg wird steiler, jeder Tritt vorwärts, dafür muss man bezahlen. Denk dir einfach, du tust alles für einen guten Zweck. Die Bäume werden kleiner, verklumpen, wie Trunkene fassen sie einander unter die Arme, stützen sich gegenseitig. Die Wolken schneiden die Wipfel, die Waldvögel bohren sich plötzlich durch die Haut, als wäre man selbst ein Baum oder Fels, einer der abstarb oder, schlimmer noch, nie gelebt hat.

Aufstieg am Nangaparbat, da haben sich schon ganz andere die Zähne ausgebissen. Den Schmerz verkniffen. Kalt war es aber auch. Wie soll man überhaupt erkennen, wann es Zeit ist, ein Wagnis einzugehen? *Gib der Angst eins mit auf die Schnauze, die weicht schon!* Supermans tolle Ratschläge, *trag es wie ein Mann, Cowboy!*

Später am Gipfel, am Bergrücken, die Klarheit kommt wieder, das Verschnaufen oberhalb der Baumgrenze. In der Ferne trotten die Gämsen, denen fällt vieles leichter. Das Muskelspiel der gesenkten Köpfe, dabei ist die Herde längst im Zielfernrohr des Jägers. Es gibt keine entlegenen Plätze mehr. Nirgends.

Weiter unten Stimmen, *einhundert Meter noch bis zum Gipfel*, aber bis Sammy jemanden durchlässt, das dauert, da ist sie rigoros. Wenn ich nur mit dem Finger schnippe, tut sie alles, dass ich allein sein kann.

Rigorosität, die Anweisung zu tun, was nötig, umzukehren, zurückzusetzen, über Bestehendes hinwegzusehen, anhaltendes, aus vielen kurzen, nicht mehr einzeln wahrnehmbaren Lauten bestehendes Geräusch, ein Fußmarsch in Ostafrika.

Ich erinnere mich an Wandertage zum Arlberg, *du hast die Verpflegung vergessen? Getränke? Bist du noch zu retten?* Der Heimleiter schlug ungeniert in mein Gesicht, die flache Hand mit etwas Spin von unten, wenn ich nicht so oft beim Tennis zuschauen würde, ich wüsste gar nicht, dass es diese Technik gibt. *Woran denkst du den ganzen Tag, Lois? Ans Wichsen?* Irgendwann auf dem Rückweg war mir vor Hunger fast der Kopf geplatzt. Als der Druck endlich nachließ, wusste ich, dass man immer auf sich selbst zurückgreifen muss. Kein Weg führt daran vorbei, dass man ein Leben lang alleine ist.

Mit dir will einfach niemand teilen, Lois. Es ist nur so viel kinetische Energie in einem Körper, wie er auf seinem Weg nach oben aufnimmt. Wenn er dann fällt, unten aufschlägt, bleibt nichts zurück. Das also ist Physik!

Kau doch meinetwegen an deinen Zehennägeln! Etwas Schöneres hat noch nie wer zu mir gesagt.

17.

Was ist das für ein Geräusch? Man hört das, wenn der Teufel versucht, Gott nachzuahmen. Es klingt wie das Knistern von Cellophan, ein Klopfen in der Leitung beim Telefonieren. Gewöhn dich daran, dass er da ist.

Eine starke Szene, sagte Kristina neben mir. Wir saßen im Kino, es war natürlich ihre Idee gewesen. Ich meine, ich hätte auch Nein sagen können. Aber ich habe Ja gesagt.

Sammy war daraufhin etwas angerührt, ich betont freundlich, *bist ein guter Hund, so ein Lieber. Nicht wiederzukommen, wer bin ich denn?* Abgesehen davon sind Hunde im Kino nun wirklich fehl am Platz. So kurz kann die Leine gar nicht sein, dass die keinen Stunk machen.

Kürten weinte gern im Kino, immer wenn er jemandem weh tat. Als sie ihn schließlich geschnappt haben, waren seine Augen gerötet vom vielen Heulen. Achtundzwanzig Morde gab er zu Protokoll, er sprach leise, flüsterte beinahe. War kein schlechter Mensch, von Kindheit an introvertiert, trank gerne Blut, schon als Kind trank er das Blut von Mäusen und Amseln. Ramirez wiederum weinte gar nicht, der fluchte sich einen ab, bevor er seine Opfer filetierte. Fand kein nettes Wort, verstrickte sich immerzu in primitivem Gehabe.

John Wayne Gacy hat dreiunddreißig jungen Männern die Kehle durchtrennt. Im Belüftungskeller seines Hauses versteckte er die Leichen, im *crawl space.* Wenn er das sagte, wäre jeder gern davon. Seine Stimme aus einer längst vergangenen Zeit, als die Menschen nur sprachen, wenn sie jemandem weh taten. Nahm für sein Leben gern an Kindesfeiern teil, wo er sie malte bis zum Tode. Er und sein Spitzname: *Pogo the Clown*. Das letzte Bild entstand in der Nacht vor seiner Hinrichtung, den Erlöser höchstpersönlich zeigt es, in einem Clownskostüm mit Dornenkranz aus Pappmaché.

Dennis Andrew Nilsen strangulierte sechzehn junge Männer in ihren besten Jahren. Aufgeflogen war das Ganze, nachdem die Abwasserrohre von Fleischteilen hoffnungslos verstopft. Zuvor hatte er mit den leblosen Körpern gebadet, saß mit den Toten auf der Couch vor dem Fernseher. *Die Gier und die Einsamkeit bestimmten mein Leben.* Mit ein Grund, warum ich Gedichte schrieb.

Im Film plötzlich ein Schuss, Kristina und ich schreckten hoch, ein Schuss flach über den Boden, traf jemanden ins Knie, der fiel, schrie gellend auf, einer mehr, der keinen Schmerz erträgt. Szenenapplaus.

Später stellte sich heraus, der Typ, der geschossen hat, der war kugelsicher. So gar nicht fair, dieses Leben. Der Film nahm dann aber doch noch eine überraschende Wendung. Besagter *Held* starb an einem Augendurchschuss, sein einziger wunder Punkt, erfuhren wir völlig unvermittelt. An sich ja nichts

Neues, Siegfried hatte ein ähnliches Problem. Und Achilles. Und Superman. Die Liste ließe sich fortsetzen. *Um es kurz zu machen, die ganzen Muskeln nützen gar nichts, wenn du nichts im Kopf, nicht auf Details achtest oder einfach nur Pech hast.* Spock nickte kurz. Alles für die Katz.

Im Heim gab es einmal einen Jungen mit Hasenscharte, den haben sie gefunden, im Speicher, aufgehängt wie ein Stück Speck. Die Mannschaft trat in der Mensa an, geschlossen, nach einer Schweigeminute ging es an die Vorspeise. Die Extraportion des Unglücksraben ging an mich, ich war ja so dünn. *Nicht dass du ein ähnliches Schicksal erleidest, Lois!*

Kristina hatte als Kind einen Film gesehen, in dem ein Mann operiert, dem man die Gallensteine entfernt, die Mandeln, ein Stück der Leber, die rechte Hüfte samt seiner Zungenspitze. War aber ein Notfall, nachdem er unvermittelt zugebissen hatte. *Natürlich hatte ich ein gutes Gefühl, wo denkst du hin. Wenn sich jemand seines Körpers entledigt, das ist so, als hätte er seine Seele befreit von einer lästigen Verpflichtung.* Ein verlockender Gedanke. Sich Stück für Stück davonzustehlen.

Als wir das Kino verließen, schaute sie immer noch schön aus ihrer Wäsche. *Komm zu dem Punkt, wo du mich küssen magst!* Natürlich kam mir das in den Sinn, wer bin ich denn? *Wenn du schon nicht weißt, was du zu tun hast, dann beiß wenigstens die Zähne zusammen.* Wie so oft habe ich den günstigen Moment einfach verpasst, alles vorbei. Wir standen vor dem Kino, auf der

Straße, wir beide, sie und ich, haben noch überlegt, ob jemand etwas sagen sollte. *Schräger Film,* oder *lass uns wenigstens anstandshalber ficken,* aber dann haben wir doch lieber den Mund gehalten. *Nach Hause, komm, lass uns nach Hause fahren.* Wir nahmen ein Taxi, der Heimweg blieb schließlich derselbe.

Falls Außerirdische irgendwann auf dem Planeten Erde landen, die werden sich wundern, ganz gehörig, wenn sie dem ersten Menschen begegnen. Ich erinnere mich, meine liebsten Aliens waren Superman und Mr. Spock. Irgendwann aber sah ich Ellen Ripley im Erzfrachter Nostromo gegen ein fremdes Monster kämpfen, das war auch nicht von schlechten Eltern. Mr. Spock hielt mich für voreingenommen, das entbehre jeglicher Logik. *Die Logik des Scheiterns ist wohl dein Metier, Junge. In höchstem Maße befähigt, aber zu den einfachsten Dingen nichts nütze!* Ich habe mir die Antwort verkniffen. Ich meine, Ellen hatte auch niemand was zugetraut und später ging gar nichts mehr ohne sie.

Als ich noch jung war, kam Spock einmal durch die Tür, wollte ein paar Kniebeugen sehen, ob ich fit genug bin, um durch den Winter zu kommen. *Ist kein Honiglecken, wenn du das Heim erst verlassen hast, bist du ganz auf dich allein gestellt, wirst keine Ruhe finden! Siehst du die Frau dort draußen, Junge? Das blüht dir noch, die sind gefährlich. Eine Unzahl an Möglichkeiten, verstehst du?*

Potenz, die in sich geschlossenes System des menschlichen Körpers, das Bestehendes vervielfacht, alle vier Jahre stattfindende Ehrung mit Teilnehmern aus aller Welt, sehr flinkes, Eier legendes Kriechtier mit langem Schwanz.

Mr. Spock war impotent, galt als hochnäsig, Frauen gegenüber stets reserviert. Theoretiker, und so einer wollte mir was weismachen. *Geh mir nicht auf den Sack, Junge!* So vulgär kannte ich ihn gar nicht. Im Heim hatte nie wer *Sack* gesagt. Sie sprachen von *Pimmel* oder *Beil,* ich weiß bis heute nicht, wie man das schreibt, aber als einmal ein englischer Junge zu Gast war, der hat sich halb schiefgelacht. Er sagte, in England sagen sie *Willy* oder *Peter,* manchmal *knob* und *prick.* Ich erinnere mich auch noch, bei uns Frauen wollten sie den *Beil* in die *Fut* stecken und *pudern.*

Woran denkst du denn schon wieder? Kristinas Haare reichen beinahe schon bis zum Becken, wir sind also fast da. Gestern im Krankenhaus wollte einer von ihr wissen, ob sie Kinder mag, eine Frau in ihrem Alter, ob sie nicht langsam ins Grübeln käme? Sie schlug ihm mit voller Kraft in die Nieren. Hätte sie ein Skalpell mitgehabt, nicht auszudenken. *Merk dir, Lois, das ist die empfindlichste Stelle, die Niere. Dort kann man sich so richtig austoben. Und weißt du was? Keine Blutergüsse, niemand kann dir was nachweisen. Feste in die Seite und du bist fein raus.* Sie lachte. Nicht dass ich nicht genau wusste, was sie meinte.

In Wien hat man schon viele totgeschlagen im Laufe der Zeit, in allen Jahrhunderten, auf der ganzen Welt haben sie das. Den Franz H. aus Favoriten, die Ilse P. aus Ottakring, die Susi aus Hernals, die Marlene, die *Kleene,* ab in die Donau, ihr Leichnam ist bis heute vermisst. Die Welt ist voller Prügel, wohin man schaut.

Unlängst kam ein Mann zu uns, der nur auf der Durchreise. Stand vor dem Krankenhaus mit seinem Wohnmobil, hat sich angeblich verfahren, und ein paar Stunden später lag er schon bei uns zur Obduktion, schillerte in allen Farben. *Komm doch mit,* aber ihre Hand ging ins Leere. *Sei nicht so schüchtern,* meinte Kristina, *wir gehen zuschauen, wenn sie ihn aufschneiden.*

Ihr Vater erzählte ihr früher Gute-Nacht-Geschichten, versprach, sie würde danach besser schlafen. *Er hatte eben seine Stammkundschaft, die wollte so Geschichten hören,* sagte Kristina. *Lass uns gehen, bevor der Neuzugang kalt im Keller.* Sie war noch immer scharf auf die Obduktion. Dass sie mich überhaupt mitnehmen wollte, war an sich schon eine Liebeserklärung.

Einmal kam sie zu ihrem Vater in die Ordination gelaufen, da lag ein Mädchen ausgebreitet, die Arme. Die Achseln verströmten schon diesen Duft – man kennt das –, *Frau im Sommer*, für den sich keine zu schämen braucht. *Die sah fast aus wie ich, zwei Jahre älter vielleicht.* Ihr Vater trug keine Handschuhe, *ich habe das beiläufig meiner Mutter erzählt, weiß gar nicht mehr wieso, aber die sprach ein ganzes Monat kein Wort mehr mit ihm.*

Die Obduktion brachte im Übrigen keine neuen Erkenntnisse. Wir fuhren schon bald nach Hause, vorbei die Nachtschicht. Im Stiegenhaus schlugen wir noch gemeinsam zwei Spinnen tot. *Bis morgen dann!* Sie hat mir kurz zugelächelt, ging aber gleich schlafen.

Wir haben beide weiter gelächelt, wie sich nur Frauen zulächeln können, wenn sie das Gefühl haben, ein großes Geheimnis miteinander zu teilen.

18.

Dort oben am Arlberg ist immer Winter. Am Arlberg kann man dem Schnee nicht entrinnen, er fällt leise und friedlich.

Ich spazierte mit Sammy zum Bahnhof, es hatte geschneit. Selbst in Wien schneit es mit einer gewissen Beharrlichkeit. Im Schnee lagen achtlos die Spuren eines Mannes, Schuhgröße sechsundvierzig. Ziemlich abgefahren, wenn man bedenkt, dass keiner heiß darauf, die großen Verladeterminals zu Fuß zu queren, nicht im Winter, niemals nachts.

Nebenan ging eine Kuh verloren, *das passiert bisweilen.* Der Direktor meinte noch, es sei kein großer Verlust, sie rechneten mit Zwischenfällen. Schließlich und endlich, zu viele Kühe machen Mühe.

Dass ich in Wien neben einem Schlachthof wohne, bestimmt ist das purer Zufall. Der Geruch im Sommer, wenn die Luft zirkuliert, die paar Stockwerke hoch bis zu meinem Fenster. Warum wohne ich auch nicht in Ottakring neben der Waffelfabrik. Auch vom Hopfen wird man besser bedient. Unweit der Brauerei vernahm ich das Scheppern der Bierfässer, früher noch aus Eichenholz, aber die Welt von heute ist aus Metall.

Achthundertfünfzig Kilo bringt ein Stier im Durchschnitt auf die Waage, eine Kuh nicht ganz so viel, und die anderen Nutztiere wiegen deutlich weniger.

Zieh nicht so ein Gesicht, Sammy, dem Stier ist das egal, der Schlachthof, das kannst du mir glauben, der hat das Schlimmste schon hinter sich. Ich log wirklich gern, aber manchmal würde ich mir wünschen, einfach nur den Mund zu halten.

Wir leben in einer Gesellschaft, in der es auf die Größe ankommt, die Masse macht's, die Konsumgesellschaft. Früher gab es Eingeborene in Afrika, die aßen Elefanten, zuvor lebten sie von Mammuts oder Mastodons, aber das ist schon lange her. Sie fielen dem Klimawandel zum Opfer. Dass ein paar aufrecht gehende weiße Affen dran schuld sein könnten, das glaubt heute eigentlich niemand mehr.

Früher war man auf Bahnhöfen noch sein eigener Herr. Ich erinnere mich an den Bahnhof nahe dem Arlberg, als sie mich holten. Ein einziger Passagier war mit mir ausgestiegen, aber der war alt genug zu wissen, was er tat.

Seit ich denken kann, mag ich Flughäfen. Ein weiter Sprung aus dem Nichts über den großen Teich, wie so ein Ticket das Leben verändert. Mr. Spock nennt das Beamen. Später, als ich schon in Wien lebte, fuhr ich manchmal zum Flughafen, saß dort genüsslich in der Bar. Ich kam nur zum Fernsehen, wenn mir die Decke auf den Kopf, zu Hause, wenn man weg will, irgendwohin. Auch während der Gnuwanderung kommen jedes Jahr Zehntausende dieser Tiere an einen Punkt, einen Fluss, den zu durchschwimmen tödliche Gefahr birgt. Und sie tun es trotzdem.

Hast du dir je überlegt, wie sagt man doch, abzuhauen? Sammy kaltschnäuzig, *hast du?* Habe ich? *Wenn du davonläufst, Lois, es wird rein gar nichts besser, keine Chance auf Besserung, die Hände bleiben in den Hosentaschen. Selbst wenn Pilger irgendwo hingehen, ist das pure Verzweiflung. Niemandem nähergekommen zu sein, darum geht es.* Nähe. Wenn es sonst gar nichts mehr gibt.

Extravaganz, die Einschränkung einer Handlung, bei der die Person oder Sache, die an die Stelle einer nicht mehr vorhandenen oder nicht mehr verfügbaren Person oder Sache tritt, sich in ihrem Verhalten zu einer bestimmten anderen Person von feindlichem Verhalten leiten lässt.

Schneegestöber über den Gleisen, kein Zug war zu sehen. Ich meine, so spät in der Nacht fuhren hier keine Züge. Sammy an der langen Leine. Ich dachte an Kristina, wie sie lachte, ahmte dieses Geräusch nach, als wollte ich dadurch ein Stück abhacken von meiner Gleichgültigkeit.

Mr. Spock nahm von irgendwoher eine Schaufel, reichte sie etwas gelangweilt an mich weiter. *Mach schon, es schneit, Junge. Bist du blind, oder soll ich dir Beine machen?* Dabei kannten Vulkanier gar keinen Schnee, aber sie wussten natürlich, wozu er gut, was er mit Menschen macht. Bevor am Arlberg der erste Schnee eines Winters fiel, ich wusste einfach, wann das sein würde, an welchem Tag, zu welcher Stunde. Da hatte ich immer den richtigen Riecher. Aber wann es zum ersten Mal in meinem Leben gehagelt hat, das weiß ich natürlich nicht.

Einmal irgendwo kurz nicht aufgepasst, schon hat man eine Zahnlücke fürs Leben. Ich konnte danach immer noch erzählen, ich sei schon so geboren. Als meine Kapsel auf der Erde aufschlug, zertrümmerte ein Armaturenbrett meine bis dato schicke Vorderfront. *Sag cheese!* Es kam doch wirklich auf die Details nicht an. Im dichten Schneefall war ich einmal über ein Abstellgleis gestürzt, hat mich zwei Zähne gekostet. Kam sofort wieder auf die Beine, es tat überhaupt nicht weh, als hätte plötzlich jemand Mitleid mit einem. Ich meine, wenn jemand Mitleid mit einem hat, dann ist doch alles in Butter.

Kein Wort habe ich, bestimmt kein Wort, gesagt. Im Heim haben sie uns eingetrichtert, es sei verboten, Frauen anzusprechen. Wir sollten lieber unter uns bleiben, einander beistehen und onanieren. *Willst du mich für blöd verkaufen, Lois, schon wieder? Dass du dich nicht schämst!* Wenn ich doch aber schwöre, dass man uns riet, beim Onanieren nie an eine Frau zu denken.

Es war kalt geworden. Sammy, was tun wir? *Zweimal kurz läuten. Wie bitte? Zweimal kurz läuten.* Dann begann es erneut zu schneien.

19.

Im Krankenhaus musste ich unlängst auf einen Patienten warten, der konnte gar nicht ab von einer OP, so sehr hat er sich die gewünscht. *Nach einer OP wacht man auf, ist ein völlig neuer Mensch, wissen Sie das denn nicht?* Im Aufwachraum hielt ich seine Hand, sein Puls noch im Keller. Bald wollte er ein paar Schritte allein zurücklegen, ohne fremde Hilfe. Wenn das schon alles ist.

Ich vertrieb mir etwas die Zeit, ließ mich hinreißen zu drei Zügen an einer herrenlosen Zigarette. Einen ganz schlechten Eindruck kann man da hinterlassen, wo ich doch gar nicht rauche. Jemand eilte vorüber, rief nach dem Notarzt. Die Anästhesistin brachte einen aufgelösten Mann auf die Station, *der soll jetzt schnell auf sein Zimmer, ins Bett, damit er sich wiederfindet.* Warf mir einen Blick zu, *war schon vor der OP nicht ganz dicht!*, eine unmissverständliche Geste.

Manchmal, wenn mir alles zu viel wird, wenn Gefahr im Verzug, dann fahre ich mit dem Lift ganz nach oben aufs Dach. Ich fahre gern mit dem Lift, da hat man noch dieses Gefühl, man rührt keinen Finger und bewegt sich doch. Ich stehe ganz oben auf dem Flachdach, zwischen verstaubten Kieselsteinen. Wenn ich mich einfach hier oben verbarrikadiere, vielleicht geht da was, aber im Ernst, ich glaube nicht, dass es irgendetwas bringt.

Kristina, die ging alles zu Fuß, wenn möglich. *Das bringt was! Jeder Schritt, den man ohne fremde Hilfe zurücklegt, ist ein Achtungserfolg.* Ich aber fuhr lieber mit dem Krankenhauslift, das viele Treppensteigen kann nicht gut sein für die Bandscheiben. Meine ganze Kindheit musste ich laufen, mir ist einfach nicht mehr danach. Im Laufschritt wirkt man vielleicht gefährlich, ich erinnere mich, Cäsars Prätorianergarde wurde auch auf schnellen Zugriff trainiert. Heute halte ich selbst Spähtrupps für übertrieben, Schmiere stehen meinetwegen, aber nur wenn es unbedingt nötig.

Ein weiterer Patient wird ins Backrohr geschoben, sein Zimmer angenehm geheizt. Übermorgen ist zufällig *Thanksgiving.* Die amerikanischen Gepflogenheiten, dass man dem keinen Riegel vorschiebt. In naher Zukunft, wenn alle eins sind, wird niemand mehr da sein, der noch etwas auf unorthodoxe Methoden hält. Ich stelle ihm ein Glas Wasser ans Bett, streichle die Stirn, *schlafen Sie jetzt.* Der Vorhang fällt.

Mona Moore passt mich ab, vor der Tür, lacht etwas aberwitzig. *Weißt du, Lois, an wen du mich heute erinnerst?* Ich verneige mich artig, aber eigentlich wollte ich nur kurz den Kopf schütteln. Wenn ich zu laut denke, löst das rein gar nichts. *Du siehst aus wie diese Schauspielerin, wie heißt die noch?* Der Name war ihr entfallen, dabei hat sie sonst ein waches Gedächtnis. Kann mich überhaupt nicht erinnern, dass Mona je abstoppen musste. *Nimm doch einen Löffel Honig. Ich meine gegen das Vergessen!*

Mona blieb mir weiter erhalten, von der Dienstaufsicht zugeteilt, wo ich doch einer von der gründlichen Sorte. Dachte sich jedenfalls jemand in der Verwaltung. *Bringen Sie ihr bei, was sie wissen muss. Niemand erwartet mehr von Ihnen.* Solche und ähnliche Anweisungen. Ich hatte mir eigentlich immer schon mehr erwartet, dachte lange Zeit, das sei menschlich.

Lois, warum müssen Menschen überhaupt verrecken? Damit alles ein Ende findet? Mona hätte mit ihren Fragen überall Fuß fassen können. Die Welt sollte angeblich schon im Jahr neunzehnhundert vor die Hunde gehen. Als nichts geschah, hieß es nur, *etwas später, habt Geduld!* Als aber auch dann nichts passieren wollte, glaubte keiner mehr recht daran, dass überhaupt irgendetwas hätte geschehen sollen. Man meinte kleinlaut, *der Zeitpunkt wäre wohl doch kein guter, aber einem Traum, wer könne schon einem Traum widerstehen.*

Wenn ich ganz ehrlich bin, kommen mir mit dem Alter überhaupt Zweifel, ob sich noch etwas am Lauf der Welt ändern lässt, an der Einstellung, dass es ein Ende gibt. Einmal traf ich einen, der wollte mir die Zukunft vorhersagen, meinte, *ein jeder verdient seine Chance.* Zink zink, eine Münze ließ er dabei über die Handfläche kreisen. Wenn man etwas zum ersten Mal in seinem Leben sieht, ist man gleich beeindruckt, das nervt. Ein seltsamer Kauz war das, schlief manchmal im Geräteschuppen, bis eines Tages die Hunde kamen, ihn stellten, das war's. Die Heimleitung hatte zwei Hunde, *Titus* & *Rachel,* zwei Pitbulls. Ich erinnere mich, man erzählte sich, beide kämen aus Pittsburgh, was doch wirklich Quatsch. George A.

Romero war im Übrigen ein gebürtiger Pittsburgher, *by the way,* aber die Hunderasse hat man eigentlich woanders kreiert.

Liebe Mona! Menschen sterben einfach, trag es mit Fassung, das hat schon seinen Grund. Wenn man nur kurz darüber nachdenkt, ist es doch einleuchtend, dass man dem Tod nicht entrinnen kann.

Kristina wieder hat mir erzählt, ihr Vater habe sich auf den Tod gefreut. *Man kann sagen, was man will, aber für einen Gynäkologen war er ganz schön philosophisch. Nicht dass er es sich gewünscht, das nicht, wo denkst du hin. Er hatte nur keine Angst zu sterben. Vielleicht machten ihn die vielen Muschis im Leben etwas mürbe! Jetzt schau mich nicht so an. Ein Mann, der sein Leben lang in fremden Frauen herumstochert, sei mal ehrlich, glaubst du etwa, das hinterlässt keine Spuren?* Ich schaute sie an, ob sie das ernst meint, ob man so von seinem Vater sprechen darf? Ich hatte ja nie einen, wahrscheinlich darf man das.

Lois, hast du dir schon überlegt, wie du sterben möchtest? Ich ließ die Beine frei von der Tischkante baumeln. Einen Hund könnte man ersäufen. Eine Taube mit dem Lastwagen plätten. Unliebsame Verwandte vergiften. *Aber was willst du, Lois?* Ob man das überhaupt laut sagen darf, von sich selbst, wie man sterben möchte? Wenn einem das leicht fällt, so mir nichts, dir nichts, dann stimmt es doch von Grund auf nicht, dass man leben will. *Ich will fliegen lernen!* (Das führt wahrscheinlich unweigerlich zum Tode.)

Im Jahre neunzehnhundertdrei erfanden die Gebrüder Wright die erste Flugmaschine. Zuvor Leonardo, der zwei Flügel konstruierte, jede Menge Ideen. Davor Ikarus, nicht minder besessen. Noch früher lebten irgendwelche Vogelmenschen unweit eines Gebirgszuges in den Anden, bis die Spanier kamen und allen den Garaus machten. *Sangre no huele mal.* Blut stinkt nicht. Oder so ähnlich. Wenn ich nur daran denke, dass einer so leichtfertig Blut verschwendet, die Tränen kommen mir.

Ich erinnere mich, die Vogelmenschen verschwanden aus der Geschichte, als hätten sie nie existiert, hoch oben in den Bergen mit ihren Masken aus Gold. Ich erinnere mich auch noch an seltsame Geschichten über Vögel, die vom Himmel fielen, im Heim las ich in einer Zeitung davon. Einer der Älteren meinte daraufhin lakonisch, *Gott lässt ab und an einen Furz, da sollte ihm wohl keiner zu nahe kommen.* Endlich verstand ich die Grenzen von Physik und Technik.

Seltsam nur, irgendwann sterben sie alle, jene, die nicht fliegen können, und alle anderen vor Gram darüber. *Und die Restlichen, sterben die auch?* Ein damals zehnjähriger Junge wollte das wissen. Der Besserwisser. Hosenpisser.

Jedenfalls, Orville Wright eroberte mit seiner *Kitty Hawk* für uns Menschen die Lüfte zurück, ganze siebenunddreißig Meter legte er hin. Dann kam sein Bruder Wilbur, der segelte zweihundertsechzig Meter, ohne sich umzudrehen, und später flog Charles Lindbergh einfach über den Atlantik. Die Menschen applaudierten und gewöhnten sich schnell daran. Das sieht ihnen wirklich ähnlich.

Superman erging es nicht viel besser, als er zum ersten Mal in die langsam im Meer versinkende Sonne flog, war das eigentlich keine große Sache. Ich glaube nicht, dass er jemanden wirklich geliebt hat, dafür war er viel zu abgehoben. Es gab sonst schließlich niemanden seiner Art.

Ich seufzte, der Himmel über dem Arlberg finster und grau. *Es hätte mit uns beiden wohl nie gutgehen können.*

20.

Im Heim haben sie mir eine Landkarte von Amerika geschenkt, mit ausgefransten Rändern. Sie hing im Bad gleich neben dem Spiegel. *Wenn ich groß bin, will ich rüber, dann erfinde ich etwas oder werde Filmstar.* Ich war immer überzeugt davon, dass ich es eines Tages aus eigener Kraft schaffen würde. *Aus dir wird nie etwas werden, Lois, nicht bei deiner Vorgeschichte.* Sie lachten, *deine Titten sind zu klein, Lois! Filmstar, von wegen!*

Heimkinder verschwinden oft spurlos. Als ob es sie nie gegeben hätte, irgendwo zur falschen Zeit durch die Gegend gesaust, zu viel Aufmerksamkeit auf sich gezogen, begehrliche Blicke, *willst du ein Bonbon? Soll ich dich nach Hause fahren?* Vielerorts ist das so.

Ich erinnere mich gelesen zu haben, dass in einhundertfünfundfünfzig Ländern Menschen auf Befehl von oben gebrandmarkt. In einhundertzweiunddreißig foltert man nach Herzenslust, in dreiundsechzig werden Deliquenten zum Tode verurteilt, willkürlich, in siebenundvierzig (schon wieder auf Befehl) ermordet, in achtundzwanzig Ländern verschwinden Erwachsene und Kinder spurlos, kein Hahn kräht nach ihnen. Ich nenne aber keine Namen. Dieses Verhalten ist Heimkindern angeboren, sie bringen den Mund nie weit genug auf, reicht selten für ein Verfahren.

Einmal fuhr ein Serienkiller (Heimkind) quer durch Nordamerika, bis in die entlegensten Gegenden Kanadas, saß permanent hinter'm Steuer. Jeden seiner

Morde markierte er penibel mit einem roten Kreuz auf der Straßenkarte. Ich meine, zwei Monate unbezahlten Urlaubs reichten aus, um ein Blutbad anzurichten. Er selbst nannte es *Stressabbau!* Später kam jemand auf die Idee, diese Punkte zu verbinden. Man nahm einen Stift, im FBI-Quartier nahmen sie einen Füller, die Agents, ruck zuck tauchte das Wort *rain* aus den tiefen Amerikas empor. Und noch später stellte sich heraus, dass es tatsächlich immer geregnet hatte, wenn der Mann mordete.

Ich glaube fast, wenn etwas (von oben) nach unten fällt, egal was, das hat unweigerlich Auswirkungen auf die Menschheit. Spielt keine Rolle, ob Regen oder Taubenfedern, es weckt die Sehnsucht.

Sei nicht komisch, Lois! Das meinst du doch nicht ernst, oder? Mona ist müde, kann kaum noch die Beine offen halten, die Augen selbstverständlich! *Und ob ich das ernst meine.*

Auf meiner Landkarte finden sich keinerlei Einträge, die ist gänzlich unberührt. Nur Boston habe ich gestrichen, von rechts nach links, wie es sich für einen Linkshänder ziemt. Mit schwarzer Tinte. Den Füller habe ich gefunden, lag einfach in einer Seitengasse rum. *Nimm ihn, Lois! Den hat jemand für dich abgelegt, der meint es gut mit dir.* Nichts rührte sich. Also habe ich zugegriffen.

Mitten in der Geschichte von der Landkarte war Mona schließlich eingeschlafen. Sie sprach dann im Schlaf unentwegt, was eigentlich unter Strafe verboten war, im Haus, auf der Station. Wenn das jemand mitbekam, nicht auszudenken. Nur Patienten dürfen im Schlaf (von sich) sprechen, Privatpersonen höchstens auf der Psychiatrischen. Vielleicht hat die Verwaltung sogar recht, Dienst ist Dienst. *Wenn es ab geht bei mir, Lois, bitte weck mich, machst du das?* Ich hatte allem Anschein nach noch genickt, aber streng genommen schaute ich längst in eine andere Richtung. *Versteh doch, das ist nichts gegen dich, ist mir einfach nur peinlich! Ich sage dann Dinge im Schlaf, die meine ich nicht so, das hat sich bloß angesammelt im Lauf der Jahre, weil niemand wirklich zuhört.* Sie gestand mir an diesem Abend, dass sie gar keinen Freund hat. Das hat mich wirklich überrascht.

Später hat sie mir vom Schlafwandeln erzählt, das passiert bei ihr einmal die Woche. In ihrer Wohnung, da steht sie einfach auf in der Nacht, schneidet etwas Brot in Scheiben, öffnet ein paar Dosen Thunfisch, aber noch bevor sie den ersten Bissen schlucken kann, ratz fatz ist sie aufgewacht, hat überhaupt keinen Hunger mehr. *Lois, das ist nicht fair!* Wem sagst du das?

Wenn ich in der Nacht aufwache, schmerzen jedes Mal meine Beine, nach dem Unfall ist das schlimmer geworden. Dass man sich an alles gewöhnt, ich meine, das ist doch glatt gelogen. Ich jedenfalls liege regelmäßig wach, kann nicht schlafen, lese mir laut etwas vor, eines der vielen Bücher auf meiner Kommode. *Er spürte, wie in seinem Gesicht die Zeugung brannte, am ganzen Körper erfuhr er ihre Schwere, als trüge etwas Unsichtbares sie fort, etwas Unsichtbares, das zum Gebären strebte; all diese Empfindungen brachen plötzlich in ihm auf, gaben ihm zu verstehen, dass sie, die er zurückgelassen, eine andere als jene, die nun vor ihm stand, dass sich aber die eine mit der anderen vereinte, um ihm Kraft zu schenken; gleichsam um ihn vom Kreuzweg fortzureißen, von einer Wirklichkeit, die er verwarf; eine Träumerei, die ihn zurückließ im elenden Zustand der Leere.* Bei Büchern habe ich doch wirklich eine gute Hand. Danach war ich sofort wieder eingeschlafen. *Hush hush, little baby!*

Zwei Stunden später allerdings wieder hellwach, das Ganze von vorne. Mr. Spock hat so den Frontantrieb erfunden, den Heckwellenvorderlader, das Mach-Vier-Zwei-Null-Navigationssystem und was weiß ich noch alles, weil er nicht schlafen konnte. *Man ist ein Genie oder ist es eben nicht, das ist recht einfach, Junge. Es gehört nicht viel dazu, wenn man wie ich außergewöhnlich begabt. Aber wenn man die Anlagen nicht mitbringt, du verstehst, dann ist alle Müh vergebens. Wo nichts ist, was soll da werden?* (Vielleicht bleibt man dann wenigstens unter sich.)

Ich hätte so gern das Licht erfunden, Prometheus oder Edison, die hielten die Monster in Schach. *Junge, nicht die Lichtgeschwindigkeit, die Quelle ist eine Sünde wert. Dort musst du ihn reinstecken. Der Ursprung!* Oder wie alles begann, in diesem verdammten Universum.

Mona schreckt plötzlich hoch. Wenn ich zu lang mit mir allein bin, tut das ohnehin keinem gut. *Wie lang habe ich geschlafen, Lois?* Ihr knurrt der Magen, schön laut, wenn man bedenkt, dass sie eine, die sich im Griff hat. Immer muss ich zuerst auf die Toilette, obwohl es heißt, dass Frauen die kleinere Blase haben. Sie streckt sich redlich, nach Sternen, gähnt, aber nichts passiert. Also schließen wir daraus, dass die Sache gelaufen ist. *Wenn man Sterne einfach berühren könnte, wir wären wohl aus dem Schneider!* Aber so einfach ist das nicht, also widmen wir uns wieder unseren Patienten.

Mund auf! Psst! Seien Sie leise! Sagen Sie Aaa!

21.

Wie kann Gott nur so unersättlich sein, dass er tote Menschen um sich schart. Ist das nicht krank? Sich mit sich selbst zu unterhalten, das sagt doch nichts aus über einen. Oder was meinst du?

Mir ist neulich aufgefallen, dass Kristina mit leichtem Akzent spricht, seltsam Armenisch, mit blumigen Suffixen der Provence. Wenn man erst eine Schallplatte rückwärts spielt, die klingt auch nicht anders. Psst, im Heim sagten sie, *auf dieser Platte, darauf ist die Stimme des Teufels, seine Botschaften.* Einmal nur mit der Nadel in die Gegenrichtung, schon ist es um einen geschehen. Wir haben natürlich stundenlang alles Mögliche rückwärts gespielt, selbst die Stimmbänder umgepolt. Es war sogar modern, Kleidungsstücke von innen nach außen zu kehren, man musste sie sehen, die Eingeweide. Dass man trotzdem lebt.

Kristina hat mir noch heute Morgen zugezwinkert, als würde sie vor einem Spiegel stehen, auf ihre Brüste stieren. *Eigentlich bist du ein hübsches Ding,* zu sich selbst. Es ist typisch, wenn eine Frau ein Kompliment hören will, nimmt sie die Dinge selbst in die Hand. Plötzlich explodierte zwei Meter neben ihr eine Handgranate, natürlich nur bildlich. Als sich der Rauch schließlich verzogen hatte, waren wir beide immer noch da, nahezu unverändert, wussten miteinander nicht viel anzufangen, was aber etwas völlig anderes ist, als gar nichts füreinander zu empfinden.

In einem meiner Träume sitze ich vor dem Fernseher, in einem Krankenhaus, als ein Aufseher ins Zimmer tritt, darauf hinweist, dass *links stehen* auf der Rolltreppe verboten ist. Ich soll gleich mal vortreten und meinen Ausweis zeigen. Jeder im Krankenhaus trägt einen Lichtbildausweis bei sich. Ich meine, auf meinem erkennt man lediglich, dass ich dunkle Augen habe, einen roten Mund, ohne Lachfältchen. Wie Schneewittchen. Die Szene mit dem Aufseher blieb mir lange in Erinnerung. *Du musst mehr aus dir herausgehen, Lois. Ich will sehen, wie du dich selbst übertriffst. Muss es dir glauben können, dass du es ernst meinst, sonst war alles umsonst.* Mr. Spock war mir nie ein guter Regisseur gewesen. Viel zu unerbittlich.

Sammy lag gleich neben der Kommode auf der linken Seite des Bettes. Sie schnarchte, ich meine, sie schlief wie ein Baby. Die Ballen ihrer Pfoten, wenn man die berührte, war man einen Moment lang glücklich. Ob man mit Glück allein über die Runden? Als sie zum ersten Mal bei mir zu Besuch, kam sie gleich ins Bett gehüpft, später war ihr das dann nicht mehr abzugewöhnen. Bald sah man es mir an, der Kleidung, ich roch nach ihr, es roch in der ganzen Wohnung, sie abzugeben, das brachte ich einfach nicht übers Herz. Marmor, Stein und Eisen bricht. Ich hätte mich nie an Sammy gewöhnen dürfen.

So wie du beschaffen bist, Junge, darfst dich gar nicht wundern. Dich nie binden, nichts anfassen, was an dir haften könnte, du bist einfach nicht der Typ für. Bei Mr. Spock klang das alles so schön teilnahmslos. *In einer Minute packst du ihre Sachen, gibst ihr etwas Fressen, einen Tritt mit auf den Weg, ganz einfach.* Wer's glaubt. Wie soll man jemandem in einer Minute sagen, dass man ihn nicht mehr liebt?

Früher, im Heim, fingen wir Fische, aßen sie mit ungewaschenen Fingern, sogar die Kleinsten, die noch kein festes Rückgrat. Irgendwer hatte noch behauptet, die Schuppen bringen Glück (aber nicht dem Fisch). Glück, es ist und bleibt eine Frage der Perspektive.

Perspektive, die Einstellung eines Menschen, die sich darin äußert, dass er sich schnell, ohne viel Federlesens, an eine gegebene Lage anpasst, der Längsachse nach aufgefächerte Gegenstände, deren Herkunft zweifelhaft, eng anliegendes Mieder einer Konkubine, das in der Schenkelbeuge endet.

Zu Weihnachten fingen wir Karpfen in einem schlammigen Teich am Fuße des Arlbergs. Natürlich war fischen verboten. Ich meine, was konnten sie einem schon antun, wenn man vor gar nichts mehr Respekt hatte. Manchmal saß ich am Wasser, stellte mir vor, meine Mutter ruft an, will wissen, wann ich nach Hause komme, ob sie mir was kochen soll. Meine langen Beine, sie mutmaßten, ich hätte die bestimmt von meiner Mutter, *bestimmt war deine Mutter eine ausgemachte Schlampe, Lois!* Was soll man darauf schon sagen? Immer wenn ich an Mutter dachte, biss nie auch nur ein einziger Fisch.

Wasche immer die Hände vor dem Essen, Lois, daran erkennt man Menschen, die einem nichts vorenthalten, die noch Vertrauen haben, ein Herz in der Hose, verstehst du?

Ich wusch die Hände mehrmals täglich, mit Gallseife. Dazwischen schickten sie mich einkaufen, in den Supermarkt, *A & O*. Fischstäbchen, wenn am Teich überhaupt nichts mehr lief.

Alkohol, Lois, bring eine Flasche Cognac, ein paar Eier, etwas Milch. Vergiss die Rabbatmarken nicht. Kauf dir meinetwegen etwas Süßes für die Fresse! Naschkatze. Samttatze. Heimchen.

Das Letztere will ich überhört haben, bin nirgendwo heimisch. Es heißt doch, *ich werde dich immer lieben, bis du ein Teil von mir, niemand kann uns je trennen, egal was passiert.* Aber dann ist mit einem Mal alles anders. Bleibt noch zu sagen, meine Kindheit, die sei an allem schuld.

22.

Mit Hunden kann man nahezu alles machen, sind genügsame Tiere. Wenn die einen riechen können, hat man schon gewonnen. Mit Wasser ist das eine ganz andere Sache. Bisweilen die seltsamsten Flecken, wo man sie am allerwenigsten nötig, auf der Brust, im Schritt. Was immer sich andere denken, es gibt nichts Peinlicheres als Bettnässer. Zu neunzig Prozent besteht so ein Körper aus Flüssigkeit, die ständig ausläuft oder verdunstet. Im Kühler, im Auto ist das besser gelöst.

An den Wochenenden im Sommer schwammen wir im Fluss, unweit des Heimes, seit vielen Jahren schon reguliert. Die Natur der späten Siebziger, zuerst betonieren, dann fragen. In der Regel hieß es, man schaffe Arbeitsplätze.

Ich zog die Beine an, die Arme, dachte darüber nach, wie es wäre, ein Stein zu sein, ganz rund, im Flussbett von der Strömung glatt geschliffen. Ein paar Kerben hatte ich, ich meine, Schuld daran war meine Geburt. Sonst war ich noch fast unberührt. Zwei Kilometer weiter flussaufwärts schraubte jemand unmotiviert am Gewinde einer Schleuse, war nicht ganz bei der Sache. Ein korpulenter Herr, bestimmt sah der ein kühles Bier vor sich stehen, die Weißwurst, ein heißer Tag eben. Ich erinnere mich, in der Zeitung stand später *Unfall am Schleusentor.* Der Fluss jedenfalls brach unverhofft los, überwand alle Talsperren. Ich kann noch von Glück reden, dass ich nur achthundert

Meter abgetrieben wurde. In fünfzehn Sekunden. Für Superman war das natürlich ein Klacks. Es war eben passiert. Kein Grund zur Panik.

Ertrinken, das ist ein Tod, den ich keinem wünsche. Sogar Insekten holte ich aus dem nächstbesten Teich, wenn sie sich nur bemerkbar machten. Im Fernsehen sagten sie, *eine Flutwelle ist bei derzeit vorherrschender Plattentektonik jederzeit möglich.* Ein Erdbeben wieder hat etwas Archaisches, das gibt überhaupt nicht nach, wie Nashörner. Gar nicht zu vergleichen mit Büffelherden, die sich irgendwann von allein festlaufen.

Mein dünner Körper hatte der Strömung nichts entgegenzusetzen, wurde in die Böschung getrieben. Unter anderen Umständen vielleicht sogar ein schönes Gefühl. Später kam ein Streuner daher, ganz zufällig. Mit welcher Hingabe einem Hunde das Gesicht ablecken können, davon werden selbst Tote wach. Ich meine, wenn mich einer beatmet hätte, es wäre vielleicht schneller gegangen. *Auch dir vielen Dank, Mr. Spock!* Keinen Finger krümmt so einer. Dass man immer dazu verdammt ist, auf sich selbst zurückzugreifen.

Lauf, Lois, im Heim dulden sie keine Verspätung, das weißt du! Kaum war ich wieder bei Sinnen, lief ich so schnell ich konnte zum Abendrapport. Prompt war mir einer der Knöchel angeschwollen, eine Zerrung tat ihr Übriges. *Was ist mit deinem Knöchel?* Superman grinste süffisant. *Ist doch gar nichts, Großer, nichts womit ich nicht selber fertig werde. Und überhaupt, von solchen Dingen hast du wirklich keine Ahnung!* Nachsatz: *Bleib du bei deinem Umweltschutz!* Nie hat er wirklich begriffen, was Ironie ist.

Wovon verstehe ich nichts? Kristina stand grünrot geschminkt vor der Tür, stand ihr durchaus. Wir traten vor's Haus, auf die Straße, der Vorhang hob sich, sie wollte mit mir Essen gehen. Sie spielte die Unschuldige, das ist modern. Als Ärztin konnte sie das ohnehin viel zu selten, modern sein als Frau. Wir gingen schließlich zum Italiener. Sie bestellte einen Teller Austern, erzählte mir von ihrem Tag, manchmal tue ich noch überrascht. *Ich habe keinen Hunger, wirklich nicht.* Sie aß so schnell, kaum hatte sie eine Auster zum Mund geführt, war die schon erledigt. *Ich habe keinen Hunger, wirklich nicht, wenn ich es aber sage!* Um ehrlich zu sein, ich esse kaum mehr was, werde das Gefühl nicht los, dass es keinen Sinn hat. Mein Stoffwechsel hat sich irgendwann selbst ad absurdum geführt.

Die Italiener, sogar in Wien sagen die zu jeder Frau *Bella.* Dabei war ich noch nie in Italien, was ich bedaure. Hätte klappen können mit uns. Ich meine, das ist ein Land, was will man überhaupt in Amerika? Roberto eilt herbei, am Tablett die Rechnung, *il conto per favore. Ich glaube, die Signora übernimmt das.* Kristina zückt auch schon ihr Skalpell, bestimmt kann ihr kein Kellner der Welt das Wasser reichen.

23.

Es gibt keine Monster. Keinen Superman. Sogar Mr. Spock ist einfach nur erfunden.

Das Leben bleibt unfassbar, Lois. Das ist so.

Sammy legte ihre Schnauze ab, zwischen die Vorderpfoten. *Was, meinst du, ist noch schlimmer als der Tod?* Mir fielen spontan tausend Antworten ein, aber keine traf ins Schwarze. Als ob ich von irgendetwas wirklich Ahnung hätte. Nicht einmal Sammy gegenüber konnte ich ehrlich sein. *Was tatsächlich schlimmer ist? Wider alle Vernunft am Leben zu bleiben!*

Im Park kam uns neulich ein Mann entgegen, sein Hund an der langen Leine, trug die Schlinge viel zu fest um den Hals, den schönen Hals mit dem ausgestellten Kragen. Sammy war zu klug, der wäre es nicht im Traum eingefallen, an der Leine zu laufen, ein Stück Holz zu apportieren, einen Ball oder sonst was. Auf solche Ideen kamen wir gar nicht. Wir saßen im Gras, ich las die Zeitung, eine wilde Schlagzeile nach der anderen, Sammy schlief. Über uns Wolken, die niemandem gehörten.

Gestern las ich von einem Mann, der ließ seine Nase strecken, in die Länge, um besser riechen zu können. Der lief durch die Nachbarschaft, war kaum noch wiederzuerkennen, immer auf der Suche, nahm er Witterung auf. Hauptsache, etwas Neues geriet zwischen die Scheidewände. Die Welt roch angeblich so gut. Klar doch. Später hat ihn einfach jemand erschlagen, mit der fadenscheinigen Begründung, *der ist gar kein richtiger Mensch gewesen.* Wo das Ganze endet, weiß man!

Ein Sommer und ein Winter und noch ein Sommer. Ich erinnere mich, nach eineinhalb Jahren hatte man mir im Heim ein Medaillon geschenkt, darauf waren ihre Namen eingraviert. Sie haben es sogar gut gemeint. Später schrieb ich ein paar Gedichte, wie sie über die Liebe dachten, warf das Notierte in den Fluss. Fortan zog mein Wort vorbei an den Dörfern, der Einfalt der Landschaft. *Lois, du hast doch keine Ahnung von Poesie, also blas lieber!*

Wenn du erst volljährig bist, Lois, wie weit wirst du wirklich gehen, wenn du uns verlässt? Nach Amerika oder noch weiter? Sie neckten mich. *Krankenpfleger, das ist doch gar nichts für dich, du musst auf die Bühne, den Broadway. Wie du mit dem Hintern wackelst, da kann Dolly glatt neidisch werden.* Wer zum Teufel ist Dolly?

Kaum war ich im Krankenhaus, erfuhr ich von einem Unfall auf der Südosttangente. Ein Rad war locker, zur Seite gerollt, die Bremsflüssigkeit über die Fahrbahn verspritzt. Von da an hatte einer freie Fahrt Richtung Ewigkeit. Er wird uns frei Haus geliefert, mit der Blechschere aus dem Wrack geschnitten. Ein Mann, sah hübsch aus, die Schnittmuster in seinem Gesicht. Die Rippen allesamt abgebrochen. Heutzutage ist doch alles irgendwie Kunst.

Ich schob ein Stück Schokolade zwischen die Zähne. Mona meinte, *aus dem könnten wir eine völlig neue Spezies schaffen,* aber so einfach ist das wohl auch wieder nicht. *Das hat schon einmal jemand probiert, meinst du das?* Der Mann starb übrigens. Alleinstehend. Aber das habe ich erst viel später erfahren.

Die persönliche Habe wurde ihm ins Grab gehievt, das letzte weiße Hemd, die verschlissenen Socken. Zeitlebens hatte er seine Wohnung untervermietet, aber von seinen Mietern kam nicht einer zur Beerdigung. Ich meine, ich gehe zu jeder Beerdigung, das bin ich den Patienten einfach schuldig. Man gewöhnt sich nie daran, die Toten in den Lift zu packen, mit ihnen in den Keller zu fahren, ganz nach unten, ein Keller, wo ich automatisch durch den Mund atme, aber man riecht sie trotzdem, die Leichenteile.

Den Tupfer Lois! Mach schon! Monas verdammtes Nasenbluten, das bringt einen auch irgendwann ins Grab. Dabei könnte sie jeden haben. *Habe ich dir übrigens schon erzählt, jemand hat Blumen für dich dagelassen!* Innerlich mussten wir ganz schön lachen. Was nicht alles passiert. Nie hätte man gedacht, dass es tatsächlich so laufen könnte.

Am Abend blieb mir zu Hause dann doch die Luft weg. Ich meine, wenn man den ganzen Tag den Fährmann spielt zwischen hier und dort, das geht schon an die Substanz. Dieser Mundschutz, mein Kreislauf, ich werde schließlich nicht jünger. Neulich habe ich die ersten grauen Haare an mir entdeckt, die Haut verliert langsam an Spannkraft, wenn ich es nicht besser wüsste, ich hätte Angst, wo das hinführt. *Warum musst du auch so tief eindringen in die Materie. Nicht dass du schlapp machst vor deiner Zeit, Lois. Eines Tages bist du vielleicht wirklich am Ende.* Zum ersten Mal in meinem Leben sagte er Lois zu mir, nach so vielen Jahren. *Ach Superman!*

24.

Irgendwo gibt es uns noch einmal, Lois! Mona jedenfalls will in einem Magazin davon gelesen haben, in der Pause zwischen zwei Stühlen, eine Theorie, wonach jeder Mensch mindestens zweimal existiert, als genetische Übereinstimmung eines anderen. Doppeltes Lottchen. *Ist dir nicht schon längst aufgefallen, dass du jemandem ähnlich siehst? Ich meine, vom ersten Tag an hatte ich das Gefühl, ich kenne dich aus dem Fernsehen, einem früheren Leben.* Mona meckerte gern, dachte wohl, dass mache sie einzigartig. *Sag doch endlich, dass es dir auch gegen den Strich, dass du heulen könntest. Sturzbäche, wenn einer nur im selben Pulli daherkommt!*

Junge Robben in der Arktis (aber genau genommen auch anderswo), die werden Heuler genannt, da ihnen die Mütter eines Tages den Rücken kehren, wortlos. Am Polar ist jeder Abschied tragisch, man hat sofort das Gefühl, man sieht einander nie wieder. Später dann Männer, dick vermummt, in Windjacken, mit Knüppeln in der Linken, lange Messer. Noch eine Robbenrübe und noch eine, schnell eingeschlagen. Schalentieren ergeht es nicht besser, die wissen nicht einmal, was auf sie zukommt, wenn sie vom Meeresgrund nach oben gehievt. *Bestimmt hast du recht, Mona. Ganz sicher sogar.* Das Leben ist echt hart.

Wenn es mich doppelt gäbe, nicht auszudenken, was für eine Verschwendung. Die ganze Evolutionsgeschichte müsste man hinterfragen.

Ganz ehrlich, die Erde ist eine Scheibe. Es deutet auch überhaupt nichts darauf hin, dass es anders ist. Mona hat in der Zwischenzeit ein paar Seiten überblättert. *Eine Scheibe macht sogar mehr Sinn, die ist aerodynamischer. Ich meine, es gibt Diskuswerfer und Kugelstoßer. Aber ganz ehrlich, ein Diskus fliegt doch viel weiter. Und diese Eleganz!* Dieser Argumentation musste ich mich einfach anschließen.

Superman aß seine Suppe, mochte Hühnerbrühe mit Glasnudeln. Wenn sich das einer leisten kann, dann er. Früh zu Bett, der Recke, hat gut geschlafen, wie all die anderen Helden auch. Nicht dass mir das neu ist, aber ich staune immer wieder, wenn einer wie er, der sich für etwas Besseres hält, noch über gesunden Schlaf verfügt. Dabei hat er seit Jahren die Wohnung nicht mehr geputzt, ein faules Schwein im Grunde. Noch nie im Leben Staub gesaugt oder so ähnlich, die vielen schmutzigen Details in seinem Lebenslauf. Der König aller Staubsauger steht bei ihm nutzlos in der Ecke, da hat er noch nie einen Handgriff getan. Nie.

Manchmal, wenn ich im Hof saß, an der Stelle, wo sie die alte Pappel umgeschnitten haben, dort roch es nach Leistengegend. Überall, auch im Keller und im nahen Waldstück, sogar auf der Zugfahrt nach Fürstenfeld roch es danach. *Es sind wohl Pilze, die da sprießen. Ob wir ein paar suchen gehen?* Im Heim, immer wenn sie ins Zimmer kamen, war ich blitzschnell zur Seite gerollt, die Augen fest verschlossen. Man kennt das, als Kind glaubt man noch, es genügt, die Augen zu schließen. Schon ist man in einer besseren Welt.

Mit einem einfachen Wunsch, damit begann doch alles. Wie soll man sich's auch anders erklären.

Ein Stockwerk tiefer, auf der Internen, hat mich neulich ein Pfleger gefragt, ob ich mit Mona eine Übereinkunft getroffen hätte. *Die ist doch scharf auf dich, Lois, das sieht jeder! Eine Phasenschmeichlerin! Geiles Miststück!* Zu mir hat das noch nie jemand gesagt, mir sonst wie geschmeichelt, ernsthaft. *Und um was für eine Übereinkunft soll es sich da handeln?* Er nur blöd gegrinst. Kristina wiederum wollte gern wissen, ob Mona Geschwister habe, ob sie doppelt oder dreifach. Sie war ihr eines Tages aufgefallen, ich meine, so groß ist unser Haus auch wieder nicht. Kristina ist Oberärztin, Mona hat Oberweite. Soweit ich das beurteilen kann, ein glattes Unentschieden.

Ich erinnere mich, im Heim aßen wir Kaninchen und Rehe und Kühe und Fische und Hühner. Aber ganz selten Gemüse. Jeden ersten Sonntag im Monat haben wir einen Karpfen getötet, nicht etwa aus Spaß. Es hieß, aus seinen Innereien ließe sich die Zukunft ablesen, ich müsse doch wissen wollen, was auf mich zukommt. Alle wollten wissen, ob sich's lohnt auszuharren.

Als ich heute Morgen mit Sammy Gassi ging, hat sie glatt auf ein rotes Cabriolet gepisst. Sonst war mir aber nichts Besonderes aufgefallen. Am Nachmittag flogen ein paar Stockenten über Wien hinweg, die wurden fortgeschossen. Wenn man bei der Wahl seiner Flugroute so naiv ist! Gestern saß ich mit ihr beim Frühstück, wir aßen ein weiches Ei, zwei Kanülen Roggenmischbrot, die üblichen Verdächtigen. Im Supermarkt, ich hatte manchmal Seehasenroggen eingekauft. Weiß schon, das schmeckt nicht nach Kaviar, aber ganz so schlimm wie Kristina behauptet, *Seehasen, die gibt es gar nicht,* ist es auch nicht. *Reichst du mir den Honig oder muss ich darum bitten? Schatz?* O-Ton in Pastellfarben. Ich meine, sogar einem Papagei kann man das Sprechen beibringen, der sagt *Guten Morgen* oder *Hast du gut geschlafen.* Aber einem Hundevieh? Überhaupt sind Hunde nicht ganz bei Trost. Zweimal im Jahr legt sich bei denen irgendwo ein Schalter um, da denken die nur noch ans Ficken.

Am Gleiskörper schlenderten hinten in der Gartensiedlung drei Männer mit schmutzigen Augenrändern betont unauffällig durch die Gegend. Alleine wie sich einer bewegt, daran erkennt man schon, ob er was auf dem Kerbholz. Ein Zug fuhr vorüber. Neuerdings gibt es eine schnellere Verkehrsanbindung ins Krankenhaus. *Schiene statt Verkehrslawine,* heißt es. Im Sommer stinkt es in den Zügen nach Fäkalien, man will sich gar nicht mehr hinsetzen.

Kristina hat einen neuen Dienstplan, sie schläft jetzt länger. Kein Laut ist mehr zu hören, das Treppenhaus gehört wieder mir allein.

Du musst schauen, wo du bleibst, Lois. Auf wen ist schon wirklich Verlass? Mr. Spock, bei seinem kurzen Gastspiel auf der Enterprise hat der ganz klare Richtlinien erlassen, wie was handhaben, Dienst nach Vorschrift. Nur einmal wurde versehentlich ein Monster auf die Brücke gebeamt, das gab eine Schweinerei. Später im

Fernsehen war nichts mehr zu sehen davon. *Hat viel zu echt gewirkt, also mussten wir das rausschneiden.* Sogar Mr. Spock will sich manchmal einfach nur unterhalten.

Schweinerei, die leidenschaftliches Miteinander von geringer Breitenwirkung, im Affekt verübte Tat, deren Aufklärung mitunter Geduld erfordert, ein nahtlos aus dem Stegreif dargebotener Teil eines aus gutem Grund lang nicht mehr aufgeführten Theaterstücks.

Ich betrete Welten, die noch nie ein Mensch zuvor gesehen hat.

25.

Es gibt keine Monster. Etwas anderes kommt doch gar nicht in die Tüte. Irgendwann gab es einen Urknall, davon habe ich gelesen. Es soll verdammt laut gewesen sein, *eine leere Leinwand will mit Getöse gefüllt werden,* einer dieser schrecklich modernen Regisseure sprach darüber. Später brachen sich die Druckwellen an den äußersten Rändern des Universums, dann war auf einmal alles unendlich. *Kann aber auch ganz anders passiert sein, Sammy, mein Freund.*

Im Heim haben sie von mir behauptet, *du ziehst das Gute an, Lois, das Gute. Sogar aus dem Bösen holst du das Beste raus, etwas Wärme.* Aber das Böse blieb natürlich trotzdem übrig. Ich glaube, man nennt das einen Pyrrhussieg, bis heute. Irgendwann zweihundertachtzig vor Christus hat der König von Epirus unter schweren Verlusten die Römer besiegt, sogar noch gebrummt: *Besser als ein Stein auf den Schädel.* Aber so eins auf den Kopf tat natürlich höllisch weh. Egal.

Im Krankenhaus ist gestern ein Mann hingefallen, brach sich die Nase dabei. Wenn Knorpelstücke brechen, hört sich das seltsam an. Ich meine, das sind Details, die niemandem so ohne weiteres auffallen würden, aber ich finde, es kommt auf den Unterschied an. Sogar bei sich schließenden Autotüren denkt jemand ans *sound-design.* Eigentlich war der Mann mit einer Platzwunde über dem Auge zu uns gekommen, hat sich wohl alles ganz anders vorgestellt. *Hast du ihm schon etwas gegen Thrombose gespritzt?* Wenn Mona sich etwas in den Kopf setzt, das zieht die voll durch.

Unlängst erzählte sie mir, sie wäre gern Sängerin geworden, an Talent jedenfalls habe es ihr nie gemangelt. *Woran dann?* Diese Frage hat sie glatt überhört, aus dem Effeff. Für mich ist sie trotzdem die schärfste Sängerin der Welt, kein Zweifel. *Wer will noch etwas Thrombosal? Du, Lois?* Geistesgegenwärtig hatte ich auf den nächstbesten Patienten gedeutet, der bekam auch prompt die volle Ladung. Ich bin vielleicht ein Schuft, aber wenigstens aus dem Schneider.

Früher, auf der kleinen Wiese vor'm Heim, habe ich Heuschrecken gefangen, da war ich noch ganz klein. Sperrte sie in Marmeladegläser (mit Luftschlitzen). Irgendwann fand ich es sogar amüsant, ihnen Namen zu geben, ich meine, Herkules oder Poseidon, das hat doch was. Später habe ich davon gelesen, wenn man jemandem die Freiheit raubt, ihn einsperrt und misshandelt oder zu Tode kommen lässt, dann darf man ihm keinen Namen geben, auf gar keinen Fall. Sonst wird man sie nie los, die Vergangenheit.

Alle Heuschrecken starben damals und an die Namen erinnere ich mich bis heute. Ich hätte einfach vorsichtiger sein müssen. Mit den Jahren werden die Listen länger. Drei mal drei macht neun. *Dead woman talking.*

Mona hielt ein blutiges Taschentuch hoch, das schöne Rot. Wenn Rot nicht die schönste Farbe der Welt ist, dann weiß ich überhaupt nicht mehr, was sich gehört.

Später landet dann alles im Müll, wo es hervorsickert. Mit den Jahren gedeihen darauf Frühlingsblumen, die riechen nur besser. Bei uns kommen sie jeden Morgen den Müll entsorgen, *ihr wart wieder fleißig,* die Männer der MA, die Primeln des Frühlings. Im Keller des Krankenhauses befindet sich ein Verbrennungsofen, ich meine, die meisten OP-Abfälle verheizen wir selbst, das geht nicht mit dem Hausmüll nach draußen. Aus verständlichen Gründen.

Lois, komm schnell! Kristina nimmt mich mit zur OP, einer ihrer Patientinnen wird Haut transplantiert, etwas Fett verschoben, sie selbst führt Regie. *Mach dich doch nützlich, Lois, willst mir nicht gleich assistieren?* Ich hebe die Frau kurz hoch, wir schieben sie gemeinsam in eine der Vorkammern, unter das leuchtende Auge. Wer einmal nur kurz unter den Leuchtdioden eines OP-Saals lag, weiß, was das bedeutet, in ein Auge zu blicken, humorlos und abgebrüht. Die Doppelrahmstufe folgt aber erst ganz am Schluss.

Du kannst ruhig ran, mit Biss! Sie hat mir Rasierzeug in die Hand gedrückt, *rasier sie vorsichtig, aber gründlich.* Ich habe noch nie eine Frau rasiert, bei Operationen ist das aber nun mal unumgänglich. Kristina steht mit dem Rücken zu mir, deutet auf den rechten Oberschenkel, *hier will ich was holen, da eventuell auch, dort unten.* Sie bekommt einfach nie genug, *du rasierst viel zu langsam, Lois! Willst doch nicht, dass das gute Stück auskühlt?* Dass sie wegen mir in Verzug kommt, will ich wirklich nicht.

Im Heim, als ich mich zum ersten Mal rasierte, langte einer von ihnen in eine Schublade, reichte mir eine stumpfe Klinge und sagte, *unten, Lois, am Kinn, unter den Achseln, mach schon, alles andere bleibt dir selbst überlassen.* Natürlich ging gleich alles schief, ich schnitt mir vor Schreck fast die Pulsadern auf. Später vom ersten Geld gleich einen Rasierapparat gekauft. Mit Batterieeinsatz. Der im übrigen noch heute seine Dienste tut.

Das OP-Auge wurde kurz nachjustiert, irgendein Helferlein hat dann die Deckenfluter gedimmt. *Vierunddreißig,* sagt Kristina, aber durch den Mundschutz hört man, was man will. Achtundsechzig oder achtunddreißig, irgendein bedeutsames Jahr, das einem vom Hörensagen bekannt ist. *Sie ist stabil,* sagt Kristina, *also ran an den Speck.* Ihr erster Schnitt, da bleibt kein Auge trocken, lässt so überhaupt keine Diskussion darüber aufkommen, wer hier am Ruder. *Woher stammt eigentlich deine Narbe unter der Nase, Lois? Das schöne Ypsilon?*

Ich dachte an gestern, da sah ich ganz zufällig aus dem Fenster, es lag so ein Geruch in der Luft. Hoch oben zogen die Wildgänse nach Süden, habe die noch nie so schnell fliegen gesehen. Pushover und Kubanische Acht und Cobra-Rolle hießen die Figuren im Repertoire ihrer Fliegerstaffel. *Also, Lois? Ich habe mich einfach nur geschnitten!* Als Kind, wer denkt sich da Schlechtes dabei. Sie grinste spöttisch unter dem Mundschutz. Natürlich sind Ärzte vor allem deshalb maskiert, weil sie etwas zu verbergen haben.

Im Heim hatte ich gern Gedichte geschrieben, sie wollten wissen, was ich mache, ob es etwas zu bedeuten hat, wenn ich mich abschotte. *Ein neues Rezept,* wie ich euch ertrage, *geistige Nahrung, versteht ihr?* Keiner hat sich je gedacht, dass das noch was wird, mit mir. *Querulant,* sagten sie.

Querulanz, die vorübergehende Isolierung von Denkprozessen, an einem Offiziersaufstand teilhabende Person, verkleinerte Nachbildung eines weiblichen Kindes ohne erkennbare Geschlechtsteile.

Selbst die schönste Narkose geht irgendwann zu Ende.

26.

Es gibt keine Monster. Es gibt Mechaniken. Folgenschwere Wiederholungen. *Die Mechanisierung hat vor der lebenden Substanz haltzumachen.* Habe ich jedenfalls gelesen. Wenn es das bedeutet, was ich glaube. Mit der Zeit war es, wenn mich jemand berührte, als ob ich in dieser Dimension gar nicht mehr existierte. *In einem Krankenhaus kann man doch gar nicht gesund werden.* Sagt sogar Mona. Wenn die es nicht weiß, wer dann?

Wenn man jemanden aus einem inneren Bedürfnis heraus getötet, da hat man doch nicht wirklich etwas Böses getan, oder? Vielleicht hängt es auch nur davon ab, wie man was um die Ecke bringt, ob es sehr weh tut oder ob man sich Zeit lässt, es einfach ganz genau wissen will. Früher lebten noch Kannibalen auf irgendwelchen Inseln, für die war das Töten und Fressen ganz normal, auch von der eigenen Art. Ich erinnere mich, *an Ogre* (der Riesen-Menschenfresser) *can everything but speaking does he not.* Nicht dass man sich im Fall der Fälle viel zu sagen hätte.

Gestern zeigten sie im Fernsehen das Dorf Dariaoganj, sechsundvierzig Kinder waren dort plötzlich verschwunden, weg von der Bildfläche. Ein normaler Mensch kann das nicht einmal aussprechen. *Sie wurden mutmaßlich gefressen! Jetzt zu den weiteren Nachrichten des Tages.* Die blonde Nachrichtensprecherin und ihr roter Kussmund, als hätte sie ihr ganzes Leben lang nichts anderes getan, dafür lege ich die Hand sonst wo hin. Es stellte sich später heraus, dass insgesamt sechsundsiebzig Kinder im Rachen eines behaarten Monsters gelandet waren, dem die Inder wohlweislich keinen Namen gaben. Noch später sagten europäische Kryptozoologen, es habe sich bei dem Tier nur um einen bösen Wolf gehandelt. Den hat man dann schnell abgeknallt, sein Fell zum Trocknen auf eine Wäscheleine gehängt, der Pelz davon natürlich löchrig und für gar nichts mehr zu gebrauchen. Halb Indien war jedenfalls erleichtert, die andere Hälfte besoffen. Was wusste man dort schon von Rotkäppchen? Eben!

Wie auch immer, in Fett eingelagert bleibt alles länger haltbar, weil keine Luft dazu kann, die Fäulnis mit ihren Mikrokulturen. Sonntagsfrühstück bei Kristina, einmal im Jahr, wenn sie Geburtstag hat, stehe ich mit einer Blume vor ihrer Tür. *Ganz besonders viel Fettgewebe gibt es um die Nieren, wenn dir das schmeckt.* Wir aßen für gewöhnlich Buttercroissants mit Marmelade, tranken, wie es sich gehört, etwas Tee, im Anschluss der eine oder andere Keks. Sie hatte neuerdings etwas gegen Kaffee, trocknet angeblich die Haut zu sehr aus. *Wie lange kennen wir uns jetzt schon, Lois? Überleg doch! Vier oder fünf Jahre?* Das war glatt gelogen.

Hast du schon gehört, unten beim Primar, da sitzt einer, der will sich selbst alle Glieder amputieren, einfach so, aus inneren Beweggründen. Wenn sie die Augen verdrehte, man sah die kleinste Ader dick anschwellen. Konnte richtig gut nachempfinden, dass ihr das gegen den Strich. *Ist wohl nicht ganz dicht,* ihr vorlauter Mund, aber sie war sofort wieder gut aufgelegt, die Frau

Doktor Kristen. Kristina Kristen. Manchmal könnte ich ihr eine scheuern, selbst wenn sie gar nichts dafür kann.

Was ist schon so schwer zu verstehen am Leben, man muss Opfer bringen. Im Heim waren wir früher fünf Wochen lang eingeschneit, da gab es kein Durchkommen im Trüben, das Wetter im Jänner ließ uns keine Wahl. Kaum trat ich vor die Tür, fühlte ich mich schon beobachtet. Wenn man nur ganz kurz das Gefühl hat, da ist wer hinter einem her, schon ist man ein ganzes Leben lang auf der Flucht. An der Spitze des Arlbergs war das Leben auch nicht ganz ungefährlich, da hing unlängst ein Bergsteiger eine Woche lang in einem Schraubstock aus Fels, bis er sich selbst den Arm abtrennte (mit einem Schweizer Taschenmesser). Ich meine, Jahre später war er wieder ein passabler Klettermaxe, hatte einen guten Arzt, der sich nicht zu schad für Überstunden. Mehr Glück als Verstand.

Einmal hatte man unweit des Heimes im Frühjahr einen Jungen aufgefunden, der war nicht von schlechten Eltern. Lag im Eis, von der Witterung glatt poliert, einen ganzen Winter lang. Die Obduktion ergab einen schönen Tod, er war angeblich nur kurz hingefallen, das Bewusstsein ging flöten, wie schnell alles zu Ende sein kann.

Unten im Speisesaal konnte man sie hören, dass sie näher schlichen, bis eine Tür zufiel, sich irgendwo ein Luftzug festklemmte. Am Glockenspiel der Wanduhr. Am Kragen eines frisch gewaschenen Hemdes.

Sie kamen unaufhaltsam, ließen sich von nichts abbringen, auf der Suche nach Fressbarem. Eine Terminifera kroch nach der anderen, das haben sie sich von den Wölfen abgeschaut. Denen liegt das im Blut. *Und jetzt? Hoch die Steilwand?* Wo ein Mensch dem anderen nicht aus kann, beginnt das Ende der überschaubaren Welt.

Anderswo aß man seine Toten, um ein noch größeres Unheil abzuwenden, damit deren Seelen nicht wiederkehren. *Wer seine Toten nicht isst, glaubt ohnedies an keine Seele, an gar nichts.* Jemand aus meinem letzten Traum behauptete das, er hätte alles getan, um zurückzufinden zu sich selbst.

Ich erinnere mich an Kristinas Türschild, als ich dort einzog, auf dem stand *Kristina,* in großen Balkenlettern. Später schon *Kristina K.,* dann *Doktor Kristina Kristen, Frau Doktor Univ. Prof. Kristina Kristen,* wohlgemerkt *Dermatologin.* Nicht zu vergessen, *Fachärztin für Allergologie, Venerologie, Immunologie.* Bald wurde das Türschild zu lang und musste vertikal ins Holz genagelt werden. Auch *shit.*

Im Heim saß ich oft im Gemeinschaftsraum, am liebsten allein vor dem Fernseher. *Lassie* und *Flipper* waren die einzigen Gesellen, die sich eingeschlichen. Ich hab's sonst gar nicht so mit den beiden. Delphinsicherer Thunfisch. Sicher nicht mit mir! Im Vorabendprogramm des deutschen Fernsehens hatte eine Moderatorin unlängst behauptet, *alles wird gut!* In Wien würde nicht im Traum jemand so blöd sein, das zu glauben.

Ich las einmal von einem Hund namens Stuczel (Collie), der jahrelang zwischen der schönen Hilarie von Wangenheim und dem wackeren Ritter Kurt herumflitzte, Liebesbriefe hin und her, ein Garant für diskrete Botschaften. Als beide schließlich glücklich vermählt und sie guter Hoffnung, war plötzlich Sense mit Botendiensten, da konnte er von Glück reden, dass sich noch häusliche Pflichten fanden. *Schatz, ist noch Fasan da? Nein? Lauf, Stuczel!* Sechzehnhundertfünfzig hat er dann die Pfoten gestreckt. Napoleon wieder zog mit seinem Moustache von Schlacht zu Schlacht, ein Pudel wie kein zweiter. Eines Tages verbiss er sich in eine französische Fahne, zerrte sie unter Leichenteilen hervor, noch bevor sie dem Feind in die Hände. Napoleon soll gesagt haben, *endlich mal einer, der mitdenkt.* Achtzehnhundertneun in Spanien gegen eine Kanonenkugel, tusch tusch, vom Hund blieb keine Unze.

Als Marie Antoinette im Kerker auf ihren Tod wartete, saß einzig und allein Jolicoeur (Rehpinscher) brav vor den Gittern. In der Hoffnung, irgendwann zu seiner Herrin durchzuschlüpfen, an ihr zu schnuppern bis zur Ekstase. Als der berüchtigte Karren zur Guillotine angerollt kam, biss Jolicoeur einen der sein Frauchen grob hinaufstoßenden Sansculotten mit aller Kraft ins Bein. Woraufhin ein anderer mit dem Gewehrkolben feste drauf, zack zack zu Brei, der kleine Jauler. Achtzehnhundertsiebenundachtzig wiederum biss Bismarcks Reichshund Tyras (Dogge) dem russischen Staatskanzler Gortschakow ins Hosenbein, was beinahe zum Abbruch der diplomatischen Beziehungen geführt hätte. Ich meine, der Russe bestand auf einer standrechtlichen Erschießung. Der Preuße auch (jener des Russen), doch nach dem ersten Tumult beruhigten sich die Gemüter. *Ich habe große Achtung vor der Menschenkenntnis meines Hundes.* Soll Bismarck später gesagt haben.

Keiner vom Arlberg hatte je einen Hund gehabt, auch nicht heimlich oder für einen *one night stand*. Sammy war für mich also keineswegs nur ein Hund. Damit soll gesagt sein, sie hatte Herz, eine unbändige Lust zu leben. Das allein zu begreifen war mehr, als ich je erwarten durfte.

27.

Multiresistente Viren reisen heute von Russland aus über die ganze Welt, *ob Wien oder Moskau, ein Katzensprung ist das!* Kristina saß da, mit leuchtenden Augen. Immer wenn sie über Krankheiten sprach, war ihr ganz warm ums Herz.

Unser Krankenhaus soll künftig Teil einer neuen Forschungseinrichtung sein, damit wir den Menschen besser dienen können, angeblich. Wider das Artensterben. Die abnehmende Artenvielfalt ist doch die normalste Sache der Welt. Ich meine, in der Bucht von San Francisco haben Wissenschaftler unlängst hundert Lebewesen aus dem Meer gefischt, und die nachfolgende Untersuchung ergab, dass nur zwei davon vor Ort heimisch. Die anderen, alles Parasiten. Heimisch. Wenn ich das Wort nur höre!

Als ich meinen letzten Sommer im Heim verbrachte (aber wann weiß man wirklich, ob etwas zum letzten Mal passiert?), kam einer daher vom Magistrat, der meinte, man würde das Objekt renovieren, etwas mehr Farbe ins Leben bringen, alles zum Wohle der glücklichen Kinder, der Zukunft unserer Gesellschaft, der übliche Platzhirsch. Nach zwei Jahren waren die Arbeiten abgeschlossen, da wohnte ich längst in der Stadt. Aber auf den ersten Blick sah angeblich alles ganz schön aus. Nach vier Jahren stand plötzlich der Keller unter Wasser, es hatte geregnet am Arlberg und auch nicht mehr aufgehört. Der Fluss trat über die Ufer, die Felder, ringsum Land unter. Die

Verbliebenen wurden provisorisch auf abgelegenen Bauernhöfen einquartiert, *eine Notlösung, versteht sich,* so das Lokalblatt. Auf einem der Bauernhöfe wurde schließlich einer der Jungen von einem Stier in die Mangel genommen, ist später an inneren Blutungen krepiert. Ganze zwei Monate soll das gedauert haben, erst dann hörte es auf zu regnen und die Sonne schien wieder. *War ein zähes Luder, der Bengel,* sprach der ansässige Bauer. Und die Moral? Im Stall hatte der doch gar nichts verloren.

Wir hatten auch einen an Bord, war nicht totzukriegen. Im Kampf gegen die Romulaner hat der selbst nach einem Herzschuss noch den starken Macker markiert. Mr. Spock im Pyjama, *schau nicht so, Junge.* (Was eine Uniform alles ausmacht.) *Irgendwann nach einer Not-OP infizierte er sich dann mit diesem Organismus.* (Nicht einmal die Spezies fällt ihm ein.) *Du weißt, was das bedeutet?* Ich schielte ein wenig nach unten auf mein weiches Knie, das verhieß auf keinen Fall etwas Gutes. Könnte aber immer noch mit einem blauen Auge davonkommen, so tun, als ob ich gar nichts gehört hätte.

Als ich zwölf war, haben sie mir den Kopf unters Wasser gedrückt, *wie lange du das wohl aushältst, Lois. Du zähe Schlampe.* Zu dritt lagen sie auf mir, ganz weit unten sah ich den Abfluss, rundherum Sprudel im leblosen Auge. *Jetzt wehr dich nicht, Lois. Glaub nicht, das macht uns Spaß.* Irgendwann hörte ich dann Supermans sonore Stimme, aber den will ich sehen bei so was. *Du wirst nie wieder Angst haben!* Und dafür soll das gut sein?

Gar kein Wort mehr, wenn es regnet.

Junge, die haben mich auf eine Mission geschickt, das wird ein Heidenspaß. Wenn du das nur verstehen könntest. Jetzt sag doch, du freust dich mit mir. Nicht? Was weiß ich, es war Montag, als ich Mr. Spock zum letzten Mal sah. Sie hatten ihn einfach hochgebeamt, nach all den Jahren.

Ich hatte mich am frühen Morgen auf den Weg gemacht, in die Arbeit, im Bus überkam mich die Kreislaufschwäche. Früher noch hielt ich das für undenkbar, die Rohrkrepierer. Dass ich mich fühlen würde, wie man sich eben fühlt, wenn man erkennt, dass man der einzige seiner Art auf dem Planeten.

Mona wartete schon, wir drehten die Platzrunde. Im Haus war es still, in der Portiersloge erzählten sie einander antisemitische Witze, die von der Visite sagten: *Alles wird gut.* Wie Chorknaben verteilten wir Frühstück, weckten Patienten, ich ließ mir wie so oft gar nichts anmerken. Mona trällerte irgendeinen Song, *do you know how much I love you, you'll save me from this darkness.* Aber wer bin ich, dass ich so etwas je tun könnte. Superman?

Später wird sie heiraten, zwei gesunde Kinder gebären, die Welt umrunden, eine Perserkatze kaufen. Die hatte ihr leid getan, als sie mit ihrem Mann an einer Tierhandlung vorüber, in Paris, auf der Hochzeitsreise. Sie hat sogar zugenommen, meine Mona wird fett und alt. *Woran denkst du schon wieder, Lois? Trödel nicht ständig, du missratener Bengel.* Aber sie schmunzelte bis über beide Ohren.

Peter Schmeichel war ein dänischer Torwart, der hat auch ständig gegrinst. Bis er eines Tages gegen den Torpfosten lief. Gehalten hat er das Ding natürlich auch nicht. Einem anderen Torhüter (Dino Zoff) taten seine Mitspieler heimlich Potenzpillen in den Morgenkaffee. Da stand er also dann wie ein Mann, ein Fels, im Tor, eine Latte vornüber, fand das ganze Spiel über kein Rezept dagegen. Die Gazzettas schrieben danach *Il Grande!* Da hatte Juventus schon verloren. Mario Kempes wiederum war ein argentinischer Stürmerstar. Ich erinnere mich, im Heim wollten alle kicken wie er, regelrecht versessen waren sie darauf, *der Mario, so stramme Wadln, nehmt euch ein Beispiel.* Wenn man sich ein gutes Beispiel nimmt, ist so ein Leben vielleicht nicht umsonst.

Am Nachmittag brachte uns die Post ein Kärtchen aus Rio. Ich und Mona schauten uns an, ein Herr Rudi bedankte sich, *ihr seid die tollsten Schwestern überhaupt,* er werde unsere Abteilung weiterempfehlen. Ob Mona noch Zöpfe trage, ob ich noch immer diesen Schlafzimmerblick mit mir herum, der Vergangenheit nachhänge, ob Kristina nach ihm gefragt hat? Er hätte sich gehäutet wie eine Natter, in Rio, nach einem Sonnenbrand. Ob wir drei ihn besuchen kommen (in Rio)? Ob wir wollen würden? *Was auch immer passiert, ich will den auf keinen Fall wiedersehen, den alten Sack.* Kristina machte sofort und unmissverständlich klar, was sie davon hielt. Ich meine, um ehrlich zu sein, ich kann mich an gar keinen Rudi erinnern.

Ein Jahr später bekam Kristina dann ein Angebot, ein gutes, das Angebot schlechthin, aus dem Ausland. Mehr Geld für ihre Forschung, Leichname in Hülle und Fülle. *Du musst dir vorstellen, Lois, verschiedenste Nationalitäten werden dort angeliefert, nicht so wie bei uns. Hier sterben ja fast nur Weißfische. Sogar die Dermatologie in Holland pipifein.* Ich fuhr sie zum Flughafen, trug sogar ihre Koffer. Das Schlimmste daran ist, wenn sie erst einmal weg ist, dass ich sie vermissen werde, dass sie mir jetzt schon fehlt, wenn sie sagt: *Halt die Ohren steif.*

Danach kam ich viel zu spät in die Arbeit, musste den ganzen Tag Pillen verteilen. Auch im Insektenreich gibt es Pillendreher. Auf Vorrat vergraben die Leckeres in kleinen Stollen, lassen so manches für immer verschwinden, unter der Erde, liegt einfach in ihrer Natur. Ich allerdings war noch vor dem Nachtdienst eingeschlafen. *Du Hundling!* Niemand sagte das laut, aber das ganze Haus dachte sich's, hat darüber nur den Kopf geschüttelt.

Viel zu spät wurde ich von Mona geweckt, da war es schon längst allen aufgefallen. Ich habe im Dienst geschlafen, und wenn sie mich jetzt feuern? Sie legte sachte eine Pille in meinen offenen Mund, *ist nur Traubenzucker, honey.* Ich erschrak, *das ist doch völlig untypisch für dich, dass du im Dienst einschläfst.* Aber selbst Mona wusste nur zu gut, jede Serie geht irgendwann zu Ende.

Was ist eigentlich mit deinem Hund passiert? So ist das also, wenn man sich erinnert.

Sammy war mir eine gute Frau. Eigentlich Samantha. Sie war gestorben, als ich gerade Nachtdienst hatte. Jemand brach in die Wohnung ein. Wir hatten keine große Wohnung, sie konnte sich nicht einfach irgendwo verstecken, also hat er sie in die Enge getrieben. Ihr dabei den Hals umgedreht. Später trug er dann den Fernseher weg.

Da tötet also einer den letzten aufrichtigen Menschen auf dieser Welt wegen eines tragbaren Fernsehers mit Zimmerantenne.

Nicht einmal sein Schuhwerk hat er vor der Tür abgewischt.

Michael Stavarič
stillborn
Roman

Fulminantes Roman-Debüt
Walter Grünzweig, Der Standard

Michael Stavarič Debütroman »stillborn« ist ein atemloser Monolog voller falscher Fährten.
Sebastian Fasthuber, Falter

Der Romancier Michael Stavarič ist eine spannende Neuentdeckung. »stillborn« ist, ja was eigentlich? Kriminalroman, Liebesgeschichte – in jedem Fall ein starkes Frauenporträt.
Der Tagesspiegel

Das ist virtuos gemacht. Erzählen als Vexierspiel, als Folge von Rätseln, die die Lösung von Satz zu Satz hinausschieben.
Thomas Rothschild, Die Presse

Michael Stavaričs Buch ist eine Komödie, eine Horror-Picture-Show, ein wunderbares Buch.
Katrin Schuster, Berliner Zeitung

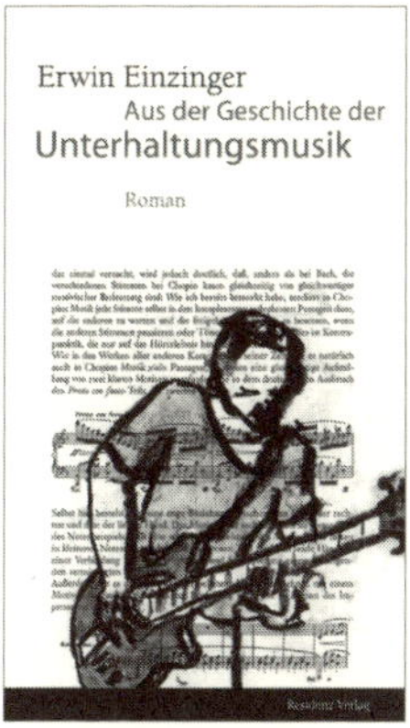

Erwin Einzinger
Aus der Geschichte der Unterhaltungsmusik
Roman

Kleines Dilemma des Rezensenten: Über dieses Buch möchte man eigentlich nichts verraten, bloß dafür sorgen, daß alle es lesen …

Moritz Bassler, Franfurter Allgemeine Zeitung

Dieses Buch ist eine Reise um die Welt und Unterhaltungsliteratur auf höchstem Niveau.

Katrin Schings, Berliner Zeitung

Monumental … Der Roman ist ohne Zweifel ein Opus magnum.

Evelyne Polt-Heinzl, Die Presse

Es ist dies ein ganz großer Wurf.

Thomas Rothschild, Stuttgarter Zeitung

Liebe Leute, dieses Buch ist die ideale Lektüre für lange Zugfahrten, noch längere Klositzungen und für ganz, ganz lange Leseabende vor einem kurzgeschlossenen Fernseher.

Fritz Ostermayer, FM4

Mit seinem virtuos arrangierten Roman gelingt Erwin Einzinger ein fulminantes Comeback.

Sebastian Fasthuber, Falter

Alek Popov
Mission: London
Roman

Als neuer Botschafter in London ist Varadin Dimitrov ausersehen, das Image Bulgariens im Westen zu verbessern. Was er vorfindet, als er eines Morgens an der respektablen Botschaftsadresse in Kensington läutet, macht klar, dass tatsächlich viel Arbeit auf ihn wartet. Er sucht Hilfe bei einer PR-Agentur, die ihm Zugang zur High Society verspricht – Glanz, Glamour und jede Menge Prominente. Eine davon ist seine Putzfrau, die führt ein Doppelleben und ist darüber hinaus längst tot. Da stimmt doch was gröber nicht …

»Mission: London« bietet aber nicht nur eine höchst vergnügliche Lektüre, sondern gibt auch einen Einblick in die balkanische Befindlichkeit zu Beginn des 21. Jahrhunderts. Alek Popov gelingt mit «Mission: London» ein fulminantes Romandébut: Er präsentiert mit viel Sprachwitz eine groteske Handlung, die aber in der karikaturhaften Übertreibung den Blick für das Wesentliche schärft.
Ulrich M. Schmid, NZZ

»Mission: London« ist ein so urkomischer wie tieftrauriger Blick auf die comédie humaine der modernen Verwaltungsgesellschaft – Kracauer live und heute, sozusagen.
Pieke Bierman, Deutschlandradio

Norbert Müller
Easy Deutschland
Roman

Arthur steht vor zwei Aufgaben: als Angestellter der Relocation-Agentur »Easy Deutschland« soll er betuchten ausländischen Kunden den German way of life näher bringen, als Mann will er sich endlich von seiner Dauergeliebten Marion trennen. Ann Charlotte, Marions beste Freundin und liebste Feindin, hat als Avantgardeautorin lange auf den großen Erfolg warten müssen – mit »cool & terror« hat sie ihn endlich und gefährdet ihn, zum Entsetzen ihres Lektors, gleich wieder … Eckhard, Sponsorenakquisiteur, diskutiert seit fünf Jahren mit seiner Frau Carol die Fragen: Berlin oder Amerika? Kind oder kein Kind? Während seine Liebe inzwischen hauptsächlich durch den Magen geht – in Form von Nougatkringel und Sahnetörtchen – findet Carol in Arthur einen willigen Leihvater. Arthur steht vor zwei Aufgaben …

… der Mann muß schreiben – ein Humorist, der es ernst meint

Katharina Rutschky, Frankfurter Rundschau